お迎えに上がりました。

国土交通省国土政策局幽冥推進課　6

竹林七草

集英社文庫

contents

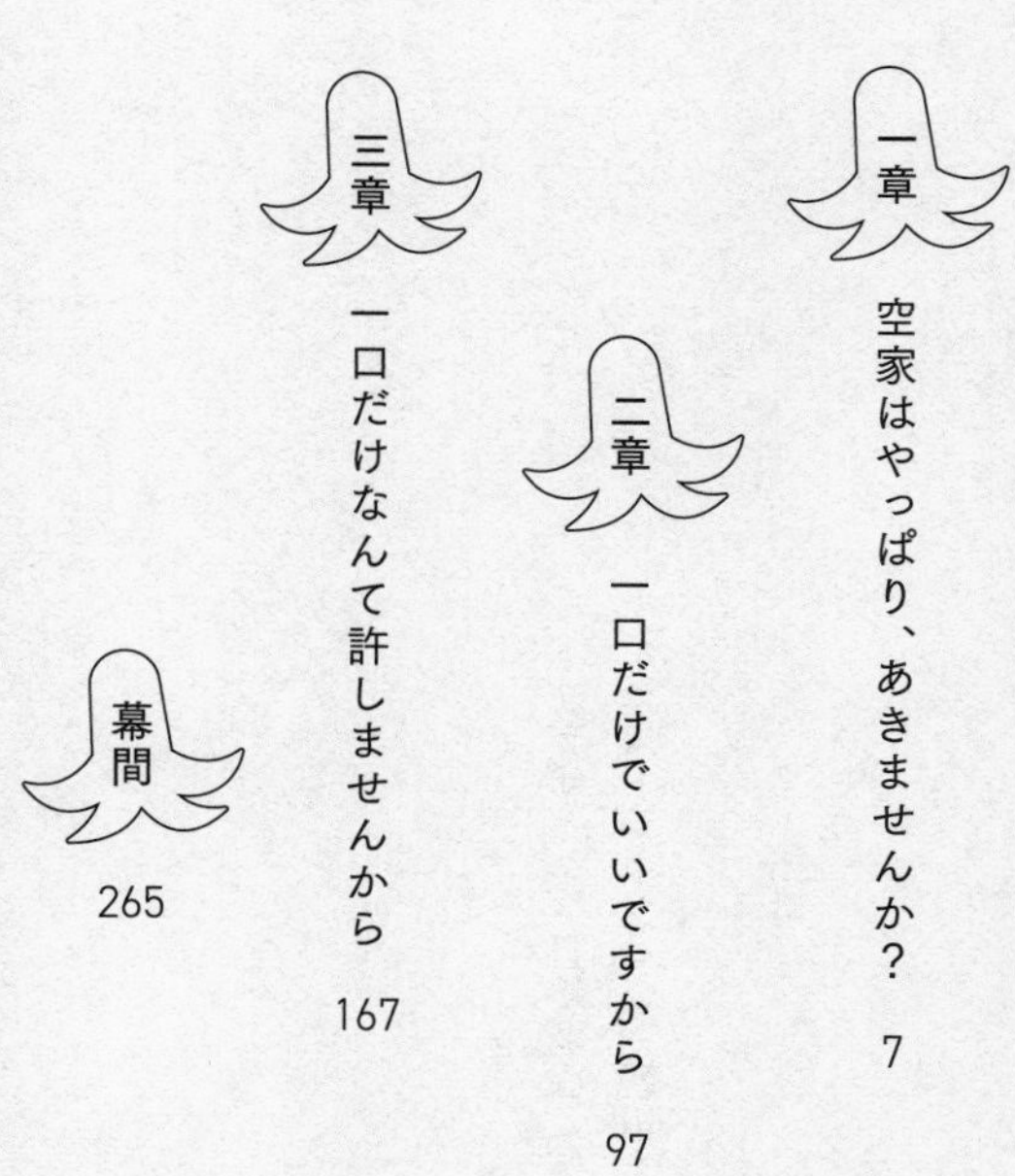

本文デザイン／目﨑羽衣（テラエンジン）
イラストレーション／雛川まつり

お迎えに上がりました。6

国土交通省国土政策局

幽冥推進課

一章

空家はやっぱり、あきませんか？

1

ここだけの話――私、気がついたことがあるのです。

平日と土日って……間違いなく時間の流れる速度が変わっていますよね？

そもそもからしてですよ、土日の朝に目を覚ますと何故(なぜ)か普段よりも遅いんです。起きるのは遅いのに、でもどうしてかいつも以上に眠い。これは私が寝ている間に時計の針が勝手に進んでしまった揺るがぬ証拠です。

さらにはぎりぎり朝ごはんの範疇(はんちゅう)な時間には起きたのに、少しだけ布団の上でぼぉーっとしていただけでいつのまにか昼ごはんの時間となり、昼ごはんを食べたあとにちょっとだけぼぉーっとしてつい眠ってしまうと、驚くことにもう夕ごはんの時間になっているのですよ。

これはもう土日だけ、私の周りで時空が歪(ゆが)んでいるとしか思えません。

あるいは妖怪〝時間泥棒〟の仕業です。

今度、有名なあのポストに投函(とうかん)するお手紙でもしたためるか、もしくは手近なところで辻神課長にでも相談してみようと思います。

きっと「仕事してください」と言われるだけでおしまいでしょうが。

――まあ、そんな与太話はさておいて。

お昼寝から覚めて気がつけば早くも夜となっていたので、私は泣き喚く腹の虫を慰めるべく夕餉の支度を済ませ、四畳半に置いた座卓の傍らに半袖半パン姿で正座する。

暑さ寒さもなんとやらなお彼岸まではまだ日にちがあるのに、それでもそろそろクーラー要らずの気温になってきたのは正直助かります。

とにもかくにも「いただきます」と手を合わせて、座卓の上のどんぶりの中に鎮座した夕飯へと箸を伸ばす。

ちなみに本日のディナーのメニューは、近所のドラッグストアで一パック一〇円という目の覚めるような特売の木綿豆腐を贅沢にもまるごと一丁どんぶりにぶち込み、そこに同じドラッグストアで一袋二五円だったもやしを三分の一ほどトッピング。さらには窓際での栽培に成功したおかげでプライスレスとなった豆苗を彩り豊かに添え、買い物にいったさいにスーパーで頂戴した無料の醤油の小分けパックを惜しみなく注ぐ。

これぞ私の自慢のオリジナル料理、大豆丼。

身体に良い大豆をふんだんに使用した――というか、全てが全て大豆です。おまけに茹でる食材はもやしだけのため省エネで、地球への優しさまでも詰まっています。

味だってあなどるなかれ。豆腐ともやしと豆苗を一気に口の中へと放り込めば、柔らかな豆腐がホロホロと舌の上で崩れていく一方、もやしと豆苗の歯ごたえの異なる二つのシャキシャキ感が絶妙なハーモニーを生み、これはもう……飽きました。

ぶっちゃけ飢えを凌ぐために編み出した、味は二の次のメニューです。さらにはお財布事情からここしばらくはヘビーローテーションも過ぎていて、半分ばかり食べたところで限界を迎えた私は行儀悪くもどんぶりの中に箸を投げ出し、畳の上に横になった。

「あぁ！　お肉食べたい！　お米食べたい！　お牛丼食べたいのっ！」

子どものように駄々を捏ねてみますが、それで誰かが反応してくれるわけもない、私は寂しい一人暮らしですよ。

思えば先月に実家から持って帰ってきたお米。おいしい白米が大量に炊けるのをいいことに、煮込んだ牛バラ肉をご飯の上にのせて食べていたのが、今月の私の食生活におけるハイライトでした。

……お米って、どうして食べるとなくなってしまうのでしょうね？

お米が尽きて以降は、こうして今流行な炭水化物カットのローカーボ生活です。大豆は畑のタンパク質と申しますが、どうせタンパク質中心の食生活をするのならせめて動物性タンパク質で行いたいものですよ。

でもまあ——こうして貧乏を愚痴ってはみたものの、しかしそれでも都内で一人暮らしが維持できているのは、ありがたいことなのです。

振り返ってみれば幽冥推進課で働き始めてから、間もなく半年。つまり火車先輩を強制的に職場復帰させた直後に結んだあの雇用契約が、もうすぐ更改となる時期なのです。

なんでも臨時職員で三ヶ月契約っていうのは結構珍しいそうでして、むしろ臨時の雇用契約ってのは何度も何度も結んだりしないのが慣例だとか。

となれば、次こそはちゃんとした年単位での契約ですかね。

もしくは、もしくは。

一度はとり逃した正規職員としての雇用の可能性も、あったりしますよね！

いやぁ、これでも私、それなりに活躍したと思うんですよ。

……まあ、失敗もいろいろとやっちゃいましたけど。

そんなこんなを思いつつ、半分ばかり残っていた大豆丼をやっぱりもったいないので掻き込みます。満腹にはなるものの、納得がいかない胃と舌が大層おむずかりですよ。

とはいえ契約更改でお給料さえ上がれば、毎夜牛丼特盛りが頼める豪遊生活もワンチャンあるかもしれないので、今はただじっと我慢です。

とにかくお腹が納得できないときは寝てしまうのが一番、今夜は早々に寝ることにいたしましょう。

……って、やっぱり私の時間、妖怪〝時間泥棒〟に盗まれてませんかね？

――国土交通省設置法第三条。

『国土交通省は、国土の総合的かつ体系的な利用、開発及び保全、そのための社会資本の整合的な整備、交通政策の推進、観光立国の実現に向けた施策の推進、気象業務の健全な発達並びに海上の安全及び治安の確保を図ることを任務とする』

すなわち安全で健全で利便性の良い国土を国民様へと提供することが国土交通省に属する組織にとっての最大の責務となるのだけれど、まれにその対象から外れる方々が不当に国土を占拠してしまうことがある。

つまりかつては人であった死者、地縛霊（じばくれい）と呼ばれる元国民様たちだ。

生前は国民であったそんな方々と交渉し、国土に縛られる原因となっている問題を解決、排除することで、幽冥界へのすみやかなるご移住をご案内していく。

それこそが『国土交通省　国土政策局　幽冥推進課』の業務だ。

ゆえに働く職員は年齢不問、学歴不問、資格不問――加えて、生死さえもが不問。

おかげで見た目はどうあれ、同僚は全員が全員とも妖怪。

先月は東日本大震災の爪痕の深さを感じる案件に向き合い、その帰りには里帰りをさせてもらいましたものの、なぜか実家に帰省したままで幽霊バスの案件に対処させられたりと、最近はどうにもいいように使われている気がしてなりませんよ。

とはいえそれなりのサポートはしてもらっていますし、右を見ても左を見ても私しか人間のいない職場にだって、正直かなり熟(こな)れてきた感はあります。……妖怪様のおどろおどろしい感性だけは、いまだにわかりませんがね。

なんだかんだと愚痴は言いつつも、それでも臨時とはいえ公務員の身の上。家賃の払いと奨学金の返済に加えて未納分の年金も納めなくちゃなりませんし、実家からたんまりいただいてきたはずの食料は早くも尽きましたし、今月もお給料を頂戴するために身を粉(こ)にして職務に励ませていただきますとも。

ですから今月の契約更改の件は、なにとぞお願いいたします！

もういい加減に「新人ですから」なんて逃げ口上も使えない六ヶ月目。

幽冥推進課の臨時職員たる私の一日が、今日もまた始まるのです。

2

「夕霞(ゆうか)ちゃん、こっちの箱に入っている分も全部ＰＤＦ化してもらっていいかな」

「あ、はい。わかりました」

百々目鬼(どどめき)さんが指さした薄黒く変色しているダンボール箱を開けてみれば、ボロボロの綴(つづ)り紐(ひも)でくくられた黄ばんだ書類がみっちり入っていた。マイクロカプセルを使った複写式の帳票ですらなく、カーボン紙を挟んで複写していた時代の脆い紙の書類だ。

ちなみにこれらの書類保管場所はじめっとした地下で環境が悪く、湿気でしわになっているため、オートフィーダーで雑にスキャンしようとするとすぐにクシャクシャとなって詰まってしまう。そのため破れないようにフラットベッドで丁寧に一枚ずつＰＤＦ化するしかないので、やたら手間がかかるのです。

うっかりため息をこぼしたところ、年代物のチューブファイルを抱えた百々目鬼さんの手の甲に浮かんだ目玉にギロリと睨みつけられ、自然と背筋がピンと伸びてしまう。

というか――手が空いているなら書類整理を手伝って、なんて百々目鬼さんから頼まれホイホイと書庫についてきたのが運の尽き、よもや整理する書類が過去の領収書や現金出納帳だったとは。

帳簿上とはいえお金が関わっているお話ということで、さっきから百々目鬼さんの細くて白い腕にはびっしり目玉が浮き出て、落ち着きなくギロギロと蠢きまくりです。おかげで、こちらおっかなくってたまらないのですよ。

そりゃ抱えた案件がない今、書類の整理や電子化ぐらいは手伝いますとも。やれ偽造だ、やれ記録が残ってないだ、とかが大きな事件での焦点になる昨今、自分たちの身を守る上でも過去の記録の整理は大事ですからね。

……というか、書類の大事さは所有者不明土地問題のときに、いやというほど身に染みている。

情報化社会だ、これからはクラウドだなんて言われて久しいわけですが、それでも一〇年も経てば、もはや当時のことなんてわからないことだらけになっている気がします。これでもしもインターネットがなかったりしたら、たぶん数年前に巷間で流行したものすらわからなくなっていたりするのではないかと。

けれども、それはそれであって。

どうして年度末でもないのに、百々目鬼さんは腕の目玉まで血走らせるほど躍起になって、出納帳の整理をしているのやら。最近はなんだか業務量に余裕があるので、少しずつやっていったらいいと思うのですが。

もしくは過去の領収書をひっくり返して何かを誤魔化したりしなきゃならないほど、幽冥推進課の財政は火の車だったりするのか——なんて思ったものの、本物の火の車先輩は書類整理をボイコットし、自席の上でスヤスヤお昼寝の最中でした。

「ほらっ！　夕霞ちゃん、手が止まってるからね。中身を確認した箱は、とっととオフィスに運んで作業に入る！」

「はい！」

ぼぉーっと考え事をしてしまっていたところを百々目鬼さんから注意され、私は慌ててダンボール箱を両手で持ち上げた。

うわっ……意外と重くて肩にズシンときますよ、これ。

それでも一度持ち上げたからにはオフィスにまで運んでしまえとヨチヨチ歩き、外に出る鉄扉の前まできたところで、ノブがしっかり握って回して開ける古いタイプのものだったことに気がついた。

本当なら両手で抱えたダンボール箱を一度床に置き、ドアを開けてから固定し再びダンボール箱を抱えるべきなのでしょうが——とっても面倒臭い。というか何度も降ろして持ち上げるのは、腕も足も腰も疲れるのでなるべくしたくない。

荷物を抱えたまま、私はちょいと振り向き百々目鬼さんを確認する。目の前の書類整理に追われていて、顔の目も腕の目もこっちを見ていない。

だったら、今がチャンスです。

私はダンボール箱を抱えたままぺたんとドアに背中を張り付けると、お行儀悪くもお尻でノブを回すべく悪戦苦闘を始める。

なんとか、こう……おっ、もうちょい。もう少し左に腰を捻ることができれば、ノブがギリギリ回って、そしたら背中で押して、よっと、なんとかこうにかドアが開きそうなんだけれども——と、もぞもぞと必死に頑張っていたところ。

回りかけていたドアノブが、ズブシッという音を立てそうな勢いで私のお尻のお肉に突き刺さった。

瞬間、突然の驚きも重なって「ギャッ！」と踏み潰された蛙のごとき悲鳴を上げて、背中を仰け反らせたまま前に跳び退いてしまう。

ダンボール箱を取り落とし、勢い余って膝と両手を床に突いた私は、首だけでドアの方に振り返ると、

「……朝霧さん、そんなところで何をやっているんですか？」

三分の一ばかり開いたドアの隙間から、めちゃくちゃドン引きした辻神課長の呆れ顔がこちらを覗いていた。

「どうしたのっ!? 夕霞ちゃん、荷物を持って転んだの？ だいじょうぶ？」

私の悲鳴を聞きつけた百々目鬼さんが、手にしていたチューブファイルを放り投げてまで駆けつけてきてくれる。

「あ、いえ、その……なんでも、ありません」

顔も腕も問わずいっせいに向けてくる心配そうな目に、思わず言い淀んでしまう。

っていうか、恥ずかしくて言えませんって。荷物を上げ下げするのが億劫だったのでケツペタでドアを開けようと苦心していたところ、辻神課長が外からドアを開けたせいでノブがお尻に突き刺さり悲鳴を上げたとか、うら若き女子としてはお墓にまでテイクアウトすべきほどの秘密です。

動揺する私をしばしの間じーっと見つめてから、辻神課長が小さくため息を吐く。

「お願いですから、横着して怪我するような真似だけはやめてくださいね」

……モロバレですやん。

「あは、あははは……そ、それで辻神課長っ！　何か私にご用ですかっ!?」

状況がわからず小首を傾げる百々目鬼さんをよそに、私は話題を変えるべく頰を引き攣らせながら辻神課長に問いかけた。

「あぁ、そうでした。朝霧さんの、まるでお尻にノブでも突き刺さったかのような悲鳴で、うっかり忘れるところでしたよ」

……曇った眼鏡がキラリと光りそうなイケズなイケメン様なんて、私は嫌いです！

「とりあえずここの整理が一段落したところで、火車と一緒に私の部屋まで来てください。百々目鬼の手伝いではなく、そろそろ本業をしましょうか。新しい案件です」

3

――『空家等対策の推進に関する特別措置法』
平成二七年に制定された、この法令の主旨を説明する第一条をかいつまむと「地域の生活環境や、住民の安全・財産を脅かす可能性のある空家に対して、利活用も考慮しながらの国としての考えを示します」といったような按配でしょう。

昨今、これまた霞が関をザワつかせている空家問題。それに対してピシャッと一本筋を通し、各自治体の空家対策の屋台骨とするべく作った法令です。

そのため空家とはいったいなんぞやから始まり、こういった場合は危ないし周りの人の迷惑になるから段階踏んで持ち主を注意しなさいね——的なことが全一六条に渡ってがっつりと記されています。

それでどうして、通称『空家法』とも呼ばれるこの法令の名前をいきなり出したのかと申しますと、

「つまりですね、空家法で定められた自治体による介入措置がとれる『特定空家』の中に、『地縛霊が住み着き居座っている状態』という内容を追加してもらえないかと、そういう相談が住宅局住宅政策課にまであったらしいのですよ」

「……また無茶を言いますねぇ」

辻神課長の説明に、思わず本音がポロリとこぼれてしまう。

元国民たる地縛霊様の存在は、決して公にできるものではない。もし地縛霊様の存在を国が認めてしまえばそれこそ空家法だけに留まらず、ありとあらゆる法令に混乱をきたして、何よりもいらん不安感を国民の皆様に与えることになってしまいます。

だからこそ幽冥推進課の業務は家族にすら言えない秘匿義務が付きまとうわけで、こっそりひっそりおどろおどろしいオンボロビルの地下室で業務をしているわけです。

……まあ、おどろおどろしい環境は、同僚の妖怪様方のご趣味な気もするけれども。

「おまえの気持ちもわからんではないがな、そうばっさりと切り捨てるな。相談をしてきた自治体だって苦心の末、歯切れ悪そうに話を持ってきたらしいのだ」

辻神課長の個室にある打ち合わせ用の丸テーブルの上で、いつものように丸くなっていた火車先輩がむくりと顔を上げた。一緒に辻神課長の個室にまできたものの、どうやら案件の概要は既に聞いて知っているらしい。

辻神課長が苦笑しながら、さらに事情を補足する。

「これが中央任せで無責任な自治体だったら、住宅政策課もざっくりと切ったのかもしれませんが、相談してきたのは以前から空家対策には力を入れている自治体でしてね。空家法が施行される前から独自に条例を制定して対策を講じていた上に、施行後も空家法を加味して条例の改正すらしている自治体なんです。おまけに自分たちで空家戸数の実地調査も行い、さらには改善に向けた方針も打ち出しＨＰで公開もしている。そういう自治体が困って相談してきたとなれば、いくら公平公正に尽くす国家公務員といえども、手助けをしたくなるのが人情じゃないですか」

……妖怪の上司様に人情のなんたるかを説かれてしまいましたよ。

「わかりましたよ、わかりました。でもどんなに助け船を出してあげたくても、まさか本当に地縛霊の占拠を法令で認めるわけにはいかないですよね？」

「もちろんですよ。だからこそ、我々にお鉢が回ってきているわけです」

いつもほころばせている口元を、辻神課長がニタリと吊り上げる。

「そもそもどうしてそんなけったいな要望をしてきたかといえば、問題は空家の活用策の一環としてその自治体が運営している空家バンクにあるらしいんですよ」

――空家バンクとは空家の売買、貸借を目的として作られた、地方自治体が関与や運営をしているデータベースのことです。自治体ごとにスタイルなんかはまちまちですが、おおむね空家を売りたい人、貸したい人からの情報を集め、自治体主導の運営HPに物件情報を掲載しては買い主、借り主からの連絡を待つというものです。

大きなメリットとしては不動産業者による利益目的の運営ではないため、掲載料や仲介料などが発生しないこと、または発生しても極めて安いこと。逆にデメリットは良い物件の場合は不動産業者がアプローチをかけて囲うことが多く、どうしても物件価値の高くない空家ばかりが集まりがちなこと。

さらには利益目的ではないので、自治体職員がメイン業務のついでに運営していることも多く、どうしても力が入りづらい上に知名度も上がりにくく、劇的な成果が今一つ生まれにくいというのが実情だったりします。

……以上、おおむね火車パイセンからの受け売りです。

とまあそんな余談はともかくとして、辻神課長の説明はこうです。

官民連携組織が運用しているその自治体の空家バンクに、問題の空家の登録申請があったのは今より半年ほど前のこと。登録を担当した方もびっくりするくらいの古民家だったそうです。

所有者の希望は、土地ごとの建屋の売却。なんでも昨年にお父様が亡くなられて相続したものの、家屋のあまりの古さにどこの不動産業者からも遠回しに嫌厭されて、それで空家バンクへの登録を希望してきたとか。

いやいや。建屋が古くて価値がないっていうのなら、壊して更地にして売ればいいじゃない——と、私のような単純な輩は思うのですが、どっこい登録者さんは建屋を解体することを渋る。

というのも、たとえ古くなって資産価値がなかろうとも、一軒家を解体するのはとかくお金がかかります。壊す作業員の人件費や重機の損耗代に車両代、加えて廃材廃棄の費用なんてのも積み重なって、一軒何百万円からなんてのは当たり前の額です。

さらには更地にすること自体が、実は空家の所有者さんにとって最大の問題だったりするのです。

土地と家屋を所有すると固定資産税が発生いたします。今回の件、不動産会社が扱いを避けるほどの古民家は資産価値がゼロで減価償却が終わっていますが、住宅街の立地ということもあって土地に関してはそれなりの額がかかっています。そしてこの場合、ボロボロだろうとも建屋を壊し更地にしてしまうと、土地にかかる翌年の固定資産税はなんと六倍にも跳ね上がってしまうのです。

正確には逆で、宅地にかかる固定資産税というのが通常の税率の六分の一へと減免されているのですが、現金がお好きな人間という生き物は現金なもので、これまでが優遇されていただけなんて風にはなかなか考えません。

つまりは古くて誰も住まなくなったあばら屋だろうとも、壊すのには多額の私費を投じなければならず、その結果として税金まで上がってしまうことになるのです。

——実はこの構図、空家が放置されてしまう大きな原因の一つだったりします。

登録者さんも固定資産税のことはもちろん理解していて、そのためノーリスク、ノーコストとなる建屋ごとの売却を望み、空家バンクへ登録を希望したのだそうです。

とまあ、ここまでなら何も珍しくはない、どこの空家バンクでもごろごろ転がっているようなお話ですよ。

ですから今回の案件に幽冥推進課が絡む問題点は、ここから先にあります。

申請書が受理されて無事に空家バンクに登録がされたその古民家ですが、自治体の担当者さんがHPに掲載された写真を見ていたときに、ふと気がついたそうです。

庭から撮影したと思われる、古民家の外観を写して紹介する写真。古い木造家屋の縁側にずらりと並んだガラス戸の内側に、暗がりから伸びてきた生白い手がぺたりと張りつき写っていたらしいのです。

　発見した担当者さんは背筋がゾワゾワしたらしいですが、でもＨＰに掲載している写真は委託先の不動産会社が撮影したものです。たぶん撮影時には屋外とは別に屋内で作業しているスタッフもいたりして、きっとその手が写ってしまったのだろうと考えました。だからすぐに連絡をして、新しい別の写真と差し替えてもらったのだそうです。

　差し替え完了の連絡をもらってから、新しい写真に手なんて写っていないことを確認して一安心。そんなことはあっという間に忘れて業務に勤しむも、一週間後に別件で空家バンクのＨＰにアクセスしたところ、掲載直後には間違いなく存在していなかったはずの手が同じ縁側のガラス越しに写っているのを見つけ、思わず悲鳴を上げてしまった。

　しかも五本の指を大きく開いて掌をこちらに向けた手は、まるで「こっちに来るな！」なんて風に主張をしているように見えたらしいのです。

　これはただ事じゃないと感じた担当者さんは、すぐに問題の写真の削除依頼を出したのですが、なんでか同じような写真がすぐにＨＰに掲載され、またしても写った手がガラス戸越しに「来るな！」の意思表示をする。

　担当者さんはとうとうあわあわと泡を噴いてしまい、別の人に担当交代――。

「しかしそれで何かが変わるわけではなく、問題の写真はどれだけ差し替えようが削除しようが、浮き出すように後からどうしても手が写り込んでしまう。そのため卒倒する人が続出して何度も担当者が替わった結果、現担当者は心の平穏を保つためにいっさいの対応をやめたそうです。その結果、ネットの掲示板である噂が出回り始めました。とある自治体の空家バンクのＨＰには心霊写真が掲載されている、その空家はきっと心霊物件に違いない——と」

経緯をひとしきり聞き終えた私は、「ふむ」と鼻から強めの息を噴く。

まあ、最後は必然の流れですかね。何しろ空家バンクは買い主、借り主を広く募集するためのものですから、誰に対してもオープンになっていなければならないわけです。空家に興味がある人が熱心に閲覧をしていけば、当然ながらそこに写った不気味な手に気がつくのも当たり前でしょう。

「ネット上で噂が出回れば、肝試しやオカルトの動画配信をしたがる方たちの注目の的になるのは必然です。また具合の悪いことに売却希望物件を載せた空家バンクの掲載写真ですから住所も一緒に載っているわけで、場所の特定をする手間すら不要なんですよ。

特にここ数日、その動きが顕著になってきたそうです。問題の古民家は住宅街のど真ん中にあるのですが、すれ違うのもやっとな道路に違法駐車車両が何台も停まる。降りてきたガラの悪そうな人たちが、大声で騒ぎ馬鹿笑いをして空家の前にたむろし、問題の家の中庭へと侵入したり、近隣の敷地にまで勝手に入ろうとするといった問題行動が出始めています。空家には施錠がされているため、これまで屋内に侵入した者はいないようですが、鍵を壊したりして中に立ち入る連中が出てくるのは時間の問題でしょうね。そうなると次は居座りや不審火の心配も出てきます。そのため問題の空家の周辺住民から、自治体への不安の声が急激に上がり出しているのだそうです」

「……なるほど」

眉が八の字となっている辻神課長の表情からも、先方の困り具合が想像できる。

「これが空家自体に問題があるのなら、所有者への指導、勧告を経ての行政代執行も行うことができます。でも現状では、所有者には何も問題がないので行政はこの空家に対し手が出せないのですよ。中請者側に落ち度はないのに、一方的に空家バンクから登録削除というのも、公正を保つ行政の立場的にしたくない」

「だから『地縛霊が住み着き居座っている状態』を『特定空家』の条件の文言に加え、いざというとき行政代執行の切り札が出せるようにさせて欲しい――というわけですか」

頷く辻神課長に替わり、火車先輩が補足する。

「その通りだ。無茶な話だが、地域の安全を第一に考えた末に『なんとかできないか』と相談してきた気持ちは痛いほどわかるのだ。仮に包み隠さず『あの空家には地縛霊が住んでいるっぽいので、退去させてください』と行政が所有者に指導しようとも、今の段階では何の強制力もないただの戯言にしかならん。むしろ『行政からこんなこと言われた』などとネットにでも晒されようものなら、それこそ目も当てられなくなる」

腑に落ちてきました。案外に根が深いというか搦め手的に厄介な話ですよ、これ。

「ですから火車と朝霧さんには、地縛霊様にいつも通り現世からの立ち退きをお願いしてきて欲しいのです。

今回の件はいうなればレアケースです。たった一件の希有な事例のために、法令そのものを変えていてはあまりにナンセンスです。ですから法案の抜けを潰すのではなく問題の事案のほうを綺麗に解決してしまえば、不思議なことに何の問題もなくなるのです」

いやそれ〝不思議なことに〟じゃなくて、臭い物に蓋をしているだけですよね？

――というような言葉が喉元まで出かかるも、地縛霊という存在が認められない以上はむしろそちらが正道かもと、考え直す。

「わかりました。いつも通りということであれば、まずは現地に行ってその古民家に不法逗留しているらしい地縛霊様と交渉してみます」

「諸般の事情はどうあれ、現場のワシらがやることは変わらんというわけだ」

火車先輩がどことなく楽しそうに苦笑する。

「ええ、今回も頑張ってください、朝霧さん。いつも通りにいつもの仕事ができる――それは見失いがちですが、でもとても幸せなことのはずですからね」

辻神課長も辻神課長で楽しげではあるのだが、どこかもの悲しげでもある妙な苦笑を浮かべた。

二人して、なんとなく意味深な目配せを交わす。

……なんでしょうね、これ。

毎度のシチュエーションでいつものごとき案件の導入なのに、この二人は突然何を言っているのやら。

4

辻神課長から話をもらったその日のうちに準備を整え、翌日は朝九時からさっそくの現地出張となる。

先月は出番がなかったためちょっとだけ懐かしさを感じる軽の公用車に乗り込むと、まずは汐留から東京高速道路に入る。そのまま京橋ジャンクションから首都高環状線へ、続いて江戸橋ジャンクションでは向島線へと進路変更し、堀切ジャンクションでは中央環状線に――、

「って、ああもうっ！」

なんでこう首都高ってのは複雑なのか。ルートが多岐にわたるのはしかたないにしても乗り換え車線が右なのか左なのか、隣車線に入らないといけないのに気がつけば渋滞にはまって入れてもらうのが大変心苦しかったり、とにかく初見殺しもいいところです。

「いいから落ち着け。ちゃんとナビが指示してくれておるだろうが」

シートベルトで助手席の背もたれに拘束され、四肢と尻尾（しっぽ）がぷらんと垂れた火車先輩が呆れながらつぶやいた。

ナビが案内してくれているのはわかっているものの「まもなく右です」と言われたって「だから、まもなくってどれぐらいよ！」とつい返してしまうほど、首都高が複雑なので困っているのです。

とまあ、なんやかんやはいつものことで、それでもどうにか辿（たど）り着いた首都高速の終点たる川口（かわぐち）ジャンクション。ここから先は東北自動車道に乗り換えての一本道。

首都高速のせかせかわちゃわちゃ感を逃れて快適に北上していると、あれよあれよと外の景色が牧歌的に変わっていく。走る先に山が迫ってきたら広大な関東平野もいよいよ終わりでして、ずぽっとトンネルを潜（くぐ）り抜けたらそこはもう完全に山中だった。

もうしばし進んでからカーナビ様のお告げに従って栃木県の鹿沼（かぬま）インターで高速道路を降り、そこからは一般道路を約二〇分ほど進む。

そうして到着したのは、今回の目的地である栃木県の県庁所在地、宇都宮市だった。

ちなみにどうでもいい話ですが、宇都宮市の南西には栃木市というのがあり、今も高速道路上で看板を見ながら通り過ぎてきたわけです。ここは栃木県でもって栃木市があるのに、しかし県庁所在地は宇都宮市……なんでしょうね、このモヤモヤ感は。

「もともと栃木県の県庁所在地は旧栃木町だったのだ。それが明治六年に栃木県は宇都宮県と合併して宇都宮町を吸収し、その後も栃木県庁はしばらく栃木町にあったものの明治一六年に紆余曲折(うよきょくせつ)あって宇都宮町に移転。以後、宇都宮の町は発展を続けて今日まで県庁が移ることはなく、今も宇都宮市に在り続けているというだけのことだ」

――閑話休題。

とにもかくにもさすがは県庁所在地。いっときは山中を走っていたものの、宇都宮市が近づくにつれてぐっと都心度が増し、気がつけば周りはビルだらけ。根っこが田舎者(いなかもの)な私からしたら、もはや都内とどこが違うのかという景観になってきた。

窓の外に「二荒山(ふたらさん)神社」と額のかかった大きな鳥居が見えた直後、ナビの案内に従い込み入った路地へとハンドルを切る。目的地たる古民家がナビの地図上でも表示されるも、さらに道の狭そうな住宅街の中にあるので、ちょうど見つけたコインパーキングへと入る。

まだちょいと距離はあるものの、それでも狭い路地の一方通行やら私道やらで引っかかって立ち往生してしまうよりかはマシというもの。

拘束されていた助手席のシートベルトを外し、火車先輩の首根っこをつかみ上げる。背筋がピーンと伸びたままの火車先輩を愛用のリュックにギュウギュウ詰め込み、そのまま公用車を降りて今度はスマホのナビを頼りに歩き出すも――。

「んんっ？」

目的の古民家に向かい始めるなり、私の目の端におどろおどろしい文字列が映った。

「どうした？　いきなり」

リュックの蓋を僅かに押し上げて顔を出した火車先輩が、怪訝な声を上げて足を止めた私に問いかけてくる。

「いえ、なんと申しますか……えらくおっかない上に、やたらお金にシビアそうな名前の通りを見つけまして」

――『百目鬼通り』。

公用車を停めたコインパーキングの隣の細い路地の入り口に、『々』がないだけで後は幽冥推進課の経理担当の妖怪様と同じ名前を冠した標識があった。

世の中には自分とそっくりな人が三人もいるとは言うものの、そっくりな名前の通りもあるもんなんだな、なんて妙な感心をしながらまじまじ見ていたら、火車先輩があっけらかんと口にする。

「あぁ、確かこの辺りがあいつの地元だったな」

「――じ、地元っ!?」

「そうだ。伝承や伝説が元になっている以上、ワシら妖怪にだって地元ぐらいはあって然るべきだろうが」

「いや『然るべきだろうが』と鼻息荒くされましても……妖怪という単語のファンタジーさと地元という語彙の生々しさが、まったく結びつかないんですが」

「まぁ、いまでこそ百々目鬼も真面目に頑張っておるがな、昔はこの辺で散々暴れ回っておったという伝説が残っておる。その辺は触れんでおいてやれ。それが同じ職場で働いているもの同士の情けというものだ」

「はぁ……」

　そういえば以前に火車先輩も、増上寺の住職を極楽浄土に連れていった火車の伝説のことを、あれは若気の至りだったと恥ずかしがっていたことがあったっけ。

　っていうか妖怪様にとって過去の伝説、伝承ってのは「昔地元でヤンキーでした」みたいな、そういう黒歴史のようなものなんでしょうか？

　わかりません……でも、なんとなくこの話は泥沼にはまりそうな気がしたので掘り下げるのをやめにしたいと思います。

　――ですが、それはそれとして。

「なんでしょうね……そんな言い伝えのある場所にしては、ちょっと寂しいような気が」

　古くからの由緒正しき伝説が遺っている通り道――でもそれを示唆するのは、一方通行の矢印と並んで立てられた、この道の名を記している青文字の標識だ。

他には本当に何もない。ただただ民家が左右に建ち並ぶだけの変哲のない路地。観光客はおろか、むしろ寂れた雰囲気の漂う裏路地には通行人の姿すらもなく、ひょっとしたら地元の人間ですらこの通りの名の由来なんて気にしている人はいないんじゃなかろうかと、そんな風にさえ感じられた。

「……まあ、そんなものだ。今を生きる上で時に古いものは邪魔になるからな、伝承なんてのも風化していくのが世の摂理だよ」

葬送儀礼の簡素化、縮小化によっていっときは自身が消えかけていたからこそ重みのある火車先輩のつぶやきがやけに耳に残りながら、私は目的の空家に向かって今度こそ歩き始める。

百目鬼通りとは反対の方向に歩くこと、約一五分。

目的地に到着した私は、例の空家バンクのページを開きながらサイト内に掲載された写真と、目の前の平屋を見比べた。

「どうやらここが問題の空家で間違いなさそうですね」

当たり前ながら写真とほぼ同じ姿の古民家。違いがあるとすれば刈られていた庭の雑草が伸びてしまっているのと、写真にはしっかり写っているガラス戸にべったり張りつく青白い手がないことぐらいだろうか。

「おまえが報告書に載せる心霊写真も、これぐらいはっきり写っておるといいのだがな」

「うるさいですよ、火車先輩」

先輩様のイヤミめいたぼやきを一蹴する。

「……それにしても」

古すぎて不動産屋が扱いあぐねたというのも、まあうなずける。

木造平屋の伝統的軸組工法。外壁は組み合わせた板を格子状に建てた細い柱で支えていて、その色味は長年の風雨のために黒ずんでいる。雨戸は木造、戸袋も当然ながら木造。窓と玄関に使われた磨りガラスは、くすみ方が昭和の情緒ある雰囲気を醸していて、平成生まれの私にすらノスタルジックな印象を与えてくれる。どこかの時点で改修したのか屋根こそトタンではあるものの、茅葺きであっても別に驚きはしないような、そんな古民家だった。

この辺は古くからの住宅街のようで、周辺の家々だって決して新しい家だけではないが、それでもこの家だけは群を抜いて別格。この空家だけ、まるで時間が止まっているかのようですらあった。

「ざっと築一〇〇年の古民家というところだろうな」

「一〇〇年ですかぁ」

「あぁ、この辺は戦時中に空襲もあったからな。もし見たて通りなら、空襲での焼失を免れた貴重な家ということになる」

一〇〇年前ともなれば、もはや昭和すら飛び越えて大正時代です。そう考えるとこの古民家はやっぱり時代の遺物であり、それはそれで空家にしておくのはもったいないような気もしてしまう。

「……こういうのって古民家カフェとかにして、有効活用できないもんなんですかね」

と、本当に何気なしにぼそりと口にしたところ、

「ふんっ！　また、それか！　空家の利用と言えばカフェ、空家が古かったら古民家カフェ。もっと他に、何かアイデアはないのか？　今の日本において、いったいどれぐらいの数の空家があると思っておるんだおまえは。空家を片っ端からカフェにしておったら、そのうち自販機の数より多くなるわ！」

……無駄に全国の古民家カフェさんを敵に回しそうな発言です。というかどこに心の地雷原があるのかわからない、本当に面倒くさいドラ猫先輩ですよ。こういうわけのわからない、不毛なこだわりを発揮しているときの火車先輩は無視するに限ります。

なので今にもシャーと威嚇してきそうな火車先輩を放置して、私は辻神課長から預かった鍵を取り出し玄関の戸に後付けされたステンレス製のシリンダーへと差し込む。ちょっと固くはなっていたものの、それでもなんとかぐるりと鍵を回してから、これまた滑りの悪くなっている引き戸を力を込めて開けた。

途端に中から漂ってくる、湿気を含んだ古い木材の臭い。こりゃしばらく誰も来ていないな、なんて思いながら敷居を跨ごうとしたところ——、

いきなり鼻先に、ぐっと五指を広げた掌が突きつけられた。

あまりにも突然のことに声すら出ない。

その広げた手からは異様なまでに長い腕が伸びていて、その腕の根元は玄関の奥の薄暗がりの中へと溶けるように消えていた。

もちろん、生きた人間の手であろうはずがない。ちょっとだけ青みがかった生白さのある手を、近すぎて寄ってしまった目でもって無言のまま凝視してしまう。

すると、停止を促すように目の前で大きく広げられていた手が、五本の指の隙間をピタリとくっつけた。

そのまま——しっしっ、と。

手招きとは逆に内側から外側へと指を跳ねさせる、まるで犬猫でも追い払うような動きを見せた。

面食らったままの私の喉が、ごくりと鳴る。

——なに、これ。

あまりの不気味さに全身を怖気（おぞけ）が駆け巡った直後、広げた手は今度は左右に揺れるバイバイの動きをしてから、玄関の取っ手に指をかけた。ガラガラと激しい音を立て、私が開けた戸が鼻先をかすめながらピシャンともの凄（すご）い勢いで閉じられた。

私はただ呆気（あっけ）にとられて動きを止めたまま、一拍の間を経て——。

「あはっ……あはははははははっっ！　さて火車先輩、それじゃそろそろ私たちもお暇（いとま）しましょうか」

「……お暇も何も、まだ一歩も中に入ってすらおらんだろうが」

恐怖から現実逃避する私の言葉に、リュックに詰まったままの火車先輩が血も涙もない的確な突っ込みを入れてくる。

「いいから、とっとと中に入れ。ワシらの業務の本流は、この世からあの世への立ち退き交渉だ。門前払いされる度にすごすご逃げ帰っていたら、仕事にならんだろうが」

「わかってますよ、そんなの！　でもおっかないものはおっかないんです！」

うぅ……今回ばかりは、本気で帰りたい。

5

それでも、なんとか気を取り直し。

「……お邪魔します」

さっき目の前で閉められた引き戸を「よいしょ」と力を込めて再び開ける。戸の隙間から首だけ突き出してキョロキョロと辺りを確認してみるも、どこにもあの手は見当たらない。薄暗い屋内には、気味悪いほどひっそりとした静寂が漂っていた。

「ほれ、早くしろ」

背負った火車先輩に促され、しぶしぶ敷居を跨いで一歩を踏み出したところ、

――パシンッ！

猛烈な破裂音が天井付近から響き、全身の毛が一気に逆立った。

今のはたぶんラップ音というやつかと。音の大きさやタイミングからまるで誰かに怒鳴りつけられたような気がして、反射的に頭の上に手をのせてしゃがみ込んでしまう。

幸いというかなんというかラップ音はそれ一度きりで、その後はまたシーンとした沈黙に包まれるものの、家に入ろうとするたびに怖めの怪異にお出迎えされてしまった私の心中は早くも涙目です。

「ひ～ん、もう帰りましょうよ、火車先輩。こちらに居座り中の地縛霊様は今日はきっと虫の居所が悪いんですよ。また日をあらためましょう」

「やかましい！　おまえは半年近くも幽冥推進課で仕事してきて、この程度のことでまだ怖気(おじけ)づくか。――そんなんじゃ査定に響くぞ」

泣きべそをかいていた私の声が「うっ」と詰まる。

契約更改を控えたこの時期、私にとっては古今東西のどんな妖怪、地縛霊様よりも査定が悪くなるほうがおっかないのです。

……ええい、こうなったらもうやけくそだ！

「お邪魔しますからねっ!!」

玄関の沓脱ぎ石の上でぺったんこのパンプスを乱暴に脱ぎ捨て、キレ気味の勢いのまま板張りの廊下にドスドスと上がる。

土壁で仕切られた廊下はまっすぐ奥へと進む方向と、左手側に行く方向とで二股に分かれていて、私はこの家の外観を頭に思い浮かべながら、左手側の縁側がある方面へと足を向けた。

リュックの中で自前のタブレットＰＣを起動させた火車先輩が、今朝メールで送られてきたばかりの調査資料を読み上げる。

「現時点のこの空家の所有者は、都内在住の四〇代の男性だな。昨年に亡くなった父親からこの家を相続すると、ほぼそのまま売却希望で空家バンクに登録申請をしたらしい――まあ、この辺は辻神から聞いたとおりか」

「すると、元の持ち主である亡くなったそのお父さんが、この家で地縛霊となっている可能性があるわけですね」

長年この古民家に住み、亡くなってからも「ワシの家を売るとはどういう了見だ！」と怒り、家にやってくる人を手つきやラップ音で追い払おうとする頑固親父(おやじ)――そんな古いステレオタイプな人物の姿が脳裏に浮かび、思わず「うへぇ」という声が漏れる。

「いや、そうと決めつけるのは早計だな。半年前に空家バンクに登録されたこの家だが、市の行った空家調査によれば一〇年以上も前から既に空家だったらしい。元の所有者、つまり亡くなったその父親も生家はこの家らしいが、もうずっと都内暮らしでこの家に住んでいたのは成人するまでの間だけだそうだ」

「へっ？……それじゃ、さっきの薄気味悪い手といいラップ音といい、どこの誰がこの家の中で地縛霊になっているっていうんですか？」

「それを調べるのもおまえの仕事のうちだろうが」

「……ごもっともです」

そんな会話をしているうちに廊下の曲がり角まで来たので、私は土壁の陰からひょっこり首だけを出して角の先を確認する。そこは予想通り、庭に面して木枠のガラス戸が並んだ縁側だった。

私の肩に顎を置いた火車先輩と一緒に、スマホに映した問題の心霊写真を確認する。

「さっきの玄関口の手って、やっぱりこの写真の手と同じですよね？」

「ああ、そう見えるな」

ガラス戸の内側にべったり張りついた手。室内の薄暗がりから長い腕が伸びている点も含めて、玄関口で遭遇した手とまるっきり同じに思えます。

そういえば「心霊写真に手が写り易いのは、顔の次に人の意思を表現できるのが手だからだ」なんてことを前に火車先輩が言っていたのを思い出した。そう考えると、五指を広げて突き出している写真のこの手はやっぱり「来るな！」と意思表示をしているように見えるんだよね。

――なんて思いながら縁側に一歩踏み出したところ、

「どちら様かしら？」

いきなりかけられた声に、心臓が口から飛び出そうになった。

間抜けなことに心霊写真が撮られたガラス戸の方ばかりを気にして、私は縁側の内側にある部屋の方への注意を怠っていたのだ。

あらためて声がした方に首と意識を向ければ、こぢんまりとした六畳ほどの和室の中、座椅子の背もたれに背中を預けて座った女性がいた。

「あら、ごめんなさいね。驚かせてしまったかしら？」

目をまん丸くし仰天している私の顔を見て、その人は手の甲を口元に添えると、まるで悪戯に成功した子どものような表情でクスクスと笑う。

なんというか、かくしゃくとした人だった。最初のパッと見の印象では若いかとも思ったが、実際はそうでもない。内巻きにカールが入った髪は艶もあってお洒落だが、でも色味は綺麗にまっ白な総白髪だ。鼻の上にのった小さな丸眼鏡は、たぶん老眼鏡だろう。お年は召されているもののそれでもほっそりした体型にはわかわかしさがあり、いい年齢の重ね方をしたように思える人——もとい、地縛霊様だった。

「あっ——い、いえ！　こちらこそお宅に勝手に上がってしまい、すみません」

突然の地縛霊との遭遇で動転した私は、両手をスカートの前で重ねる九〇度を超えた一二〇度の角度でお辞儀をする。同時にリュックの蓋がペロンと開き、ズルンと滑り落ちてきた火車先輩が、ビタンとお腹から畳の上に落下した。

「おい、気をつけんか！」

「……っていうか、そんな無惨な格好で落下するとか、仮にも猫ですか？」

「猫ではない、ワシは火車だっ！」

ドン引いた目の私と腹ばいのままキシャーッと目を逆三角にした火車先輩とのやりとりに、コロコロとした笑い声が上がった。

「ふふふ、喋る猫だとか……とても面白い方たちね」

火車先輩とのやりとりを見られると、いつもこんな評価をもらっている気がします。

自然と赤面してしまう私だが、しかし火車先輩は笑う老婦人を前に一瞬だけしたり顔を浮かべると、すぐさま目元をキリっと変調させた。

「失礼。大変申し遅れました、私どもはこういうものです」

あらかじめ肉球と肉球の間に挟んであった名刺をスッと老婦人の前に差し出す。

漫才モードからお仕事モードに一転した雰囲気に呑まれ、私もすぐさまその場で正座して「申し遅れました」と自分の名刺を畳の上に差し出した。

「あらあら、面白い方たちだと思っていたら、実のところお役人さんだったのね。そう――それで、この幽冥なんとか課さんのお二人が揃って何かうちにご用かしら？」

火車先輩を見ても、国交省の名刺を見ても驚きもしないあたり、どうやらこの方もなかなかの胆力をお持ちの地縛霊様のようです。

火車先輩と簡単な目配せを交わした後、まずは私から話をすることにした。

「そうですね。何からご説明したらいいのやらというところですが……まず私たちの職掌をお話しする前に、こちらのお宅が現在、空家バンクに登録されていることをご存じかどうかを、確認させてください」

私の問いに老婦人が目を丸くする。そのリアクションから察するに、問いかけへの解答はやはり「知らない」のようだ。

オカルトの原理なんてようわからんものの、空家バンクに掲載された写真を心霊写真にしてまで「来るな」と主張する地縛霊。それが売家に対しての行為か、それとも自分の家と思ったままでの行為なのかで、たちの悪さや問題性がまるっきり違ってくる。

さてさて、後者であれば刺激しないように説明するにはどう言ったらいいのか――なんて考えていたら、

「そう……やっと、この家を売りに出してくれたのね」

ほっとしたように眦を下げ、でもどこかちょっとだけ悲しそうに老婦人が微笑んだ。

「私が死んだら、この家はどうか人手に渡してちょうだい――そう、自分の息子には言い遺しておいたのよ。息子も孫もどちらも都内で仕事をして生活していたので、こちらに戻って住んで欲しいなんて無理はとても言えなかったわ。でもね、息子は『この家は俺が子どもの頃に過ごした思い出だってある家なんだよ』とか今さら言って、売ることを渋っていたのよ。成人するなり私をこの家に置いて出ていったのに、ほんと男の子は勝手で困るわよね。誰も住まなくなった家は朽ちていくだけ。それじゃこの家があまりにも可哀相だもの」

その話を聞いて、つい火車先輩と顔を見合わせてしまう。

なんというか、いろいろと予想外な話が出てきた。私は今回の案件の地縛霊はてっきりこの家に執着をしているものと思っていたのに、おそらくこの家のかつての主だったこの老婦人はむしろこの家を手放したいと思っている。……もうお亡くなりになっているので実際の所有権はないわけだけれども。

加えてもう一つ、どうにも無視できない内容も含まれてもいた。

「──失礼。こちらの家は空家バンクに登録されていると先ほど朝霧が申しましたが、現在のこのお宅の所有者は根岸章雄さんという方になっております。この章雄さんが、今のお話に出てきたあなたの息子さんでいらっしゃいますか？」

「いえ、章雄は息子ではありません。章雄は息子の子、私の孫です」

問いかけた火車先輩の三白眼が、ギュッと細まった。

「……そうですか。隠しても仕方がないことですのではっきり申しますが、この家が空家バンクに登録されたのは半年前、章雄さんがあなたの息子さんより相続されてからのことです。残念ながら、この家を売り渋ったとおっしゃった息子さんは昨年お亡くなりになっていらっしゃいます」

老婦人の目を見つめながら、資料に書かれていた事実を火車先輩が告げる。こういうときの火車先輩の目つきは、いつも真剣で真摯だ。

老婦人は淡々とした火車先輩の言葉に僅かに絶句するも、軽く唇を噛んでから、何か諦めたようにふぅと重いため息をこぼした。

「そう……そういうこと。もう私が死んでから一〇年ぐらいなのかしらね。最後に会ったときは、あの子だってもういい歳だったもの。追いかけてきちゃったとしても無理ないわね。確かにこの家の今の所有者が章雄なら、売りに出してくれたのも納得だわ」

──私が死んだら、この家はどうか人手に渡してちょうだい。

生前にそう主張していたらしい老婦人は、複雑な表情のまま縁側のガラス戸から遠くを見つめた。

6

仕切り直しまして。

根岸可奈子（かなこ）――と、老婦人は私と火車先輩にそう名乗ってくれました。

なんとなく上品そうな雰囲気がある可奈子さんなので、この家の古さといい「ひょっとして格式高い旧家とかの出だったりするんですか」なんて訊（き）いてみたところ、

「朝霧さん、あなた人を見る目がないわねぇ。そんな良家のお嬢様みたいな人は、私みたいに焼け出されて何日も屋根もない場所で野宿したりしないのよ」

と、品なく大口を開けてケラケラと笑われてしまった。

「だからね、貧乏人な私には屋根のある家があるだけで、それはもう望外な幸せだったの。家があって雨露を凌いで身体を横にできるだけでね、人って自然と笑みがこぼれてしまうほどに安心できるのよ」

そうして穏やかで優しそうな眼差し（まなざし）のまま語ってくれたのは、この古民家に纏（まつ）わる可奈子さんの生涯の話だった。

この家は、もともと可奈子さんのお父さんが中古で買った家であるらしい。まだ小さかった可奈子さんが両親に連れられてこの家に越してきたのが、なんと昭和三年。そこから考えれば建てられたのは大正時代で、最初の火車先輩の読み通りにやはり築一〇〇年越しの古民家のようです。

父親の仕事の都合で福島県の山奥から移住してきたという可奈子さんは、物心ついたばかりながらも、当時はモダンだったこの家をとても気に入ったらしいです。

小さい頃は広い家の中を駆けずり回って遊び、板の間を走るんじゃないといつもお母さんには叱られていたとのこと。奥の炊事場にあるらしい大黒柱には、そんな腕白だった可奈子さんの身長の推移を包丁で刻んだ、成長の傷もあったりするそうです。

絵に描いたような幸せな一家の一人娘だった可奈子さんはこの家ですくすくと育ち、やがて小学校も中学校も卒業し、良いお年頃となったところで嫁入りが決まります。

可奈子さんたっての希望で結婚式はこの家で行われ、その式が可奈子さんは死ぬまで自慢だったとか。しかし心残りもあり、良い式ではあったものの食べ物が質素であったことで、それというのも可奈子さんが結婚した年は、太平洋戦争の雲行きがだいぶ怪しくなり始めた——昭和一七年。世間の目を考えると、とても豪勢な料理を出せるような時世ではなかったそうです。

無事に式を終えた可奈子さんはこの家を離れ、旦那さんが無理をして東京の山の手に買った小さな一軒家に移ります。住み慣れた実家を離れての新婚生活。世が世だけにいろんな苦労もあったらしいですが、それでも振り返ればやっぱり幸福な日々であり、当時もいつまでもこんな生活が続けばいいと思っていたそうです。

しかし戦争における日本の情勢は悪くなる一方で、とうとう旦那さんのもとにも召集令状が届いてしまいました。

世間の目もあって当然ながら拒否できるものではない。やむなく旦那さんは二人で過ごした新居を銃後を守る可奈子さんに託して、戦地へと赴いたそうです。

一人新居に残された可奈子さんが自身の妊娠を自覚したのは、旦那さんを送り出してすぐのことでした。

ゆえに旦那さんが帰ってくるまでは、なんとしてもお腹の子と新居を一人で守らなければならない――そう気張って、自身を奮い立たせていたそうです。

ですがたった一人の頑張りでできることなどたかが知れているわけで、三月には下町のほうでとても大きな空襲もあり、戦火はすぐそこまで迫っていました。

そして迎えてしまった、昭和二〇年五月二五日――山の手大空襲。

――死者数、三六五一名。

――焼失家屋数は、実に一六万六〇〇〇戸。

既に走るのもままならぬほどお腹が大きくなっていた可奈子さんですが、それでもなんとか焼夷弾の炎からは逃れたものの、しかし旦那さんとの新婚生活の全てが詰まっていた新居は消し炭になってしまいました。

そこからしばらくは一面の焼け野原の中でひたすら放心していたため、あまり記憶がないそうです。

為す術もなく旦那さんとの新居を失った徒労感から動くにも動けず、どこともしれない天井すらもないバラックに身を潜め、B29がいつ飛んでくるとも知れない空を夜毎ただ見上げて過ごすだけの日々。

でもいよいよ臨月が迫ってくると、清潔な産湯すら用意できないこんな場所にいてはダメだと、これから生まれてくる子のためにも安全で安心な場所に移らなければいけないと、最後の気力を振り絞って自分が育ったあの家にまで歩いて帰る決意をしたそうです。

東京から、可奈子さんの実家までの距離——つまり今、私と火車先輩がお邪魔しているこの古民家までは、直線でおおよそ一〇〇キロというところです。

平時の身体であれば数日歩けばなんとか到着できる距離ですが、そのときの可奈子さんは無理をすればもういつ破水してもおかしくない身重の身体でした。なんとかかんとかお腹を欺し宥めつつ、実に一〇日以上もの日にちをかけて日光街道を宇都宮まで歩いたそうです。

そしてどことなく道の木や空の色にすら懐かしさを感じ始めてきた、宇都宮まであと一日ほどの距離の道端で可奈子さんが最後の野宿をしていると、夜にもかかわらず自分が育った町の方角の空が明るくなっていることに気がつきました。

丘の上から見える、火の手が上がった宇都宮の町。空襲の魔の手は、可奈子さんが最後の頼りとした実家のある町にまで伸びていたのです。

翌日、ようやく宇都宮にまで戻ってきた可奈子さんは半ば呆然としながら、焼け跡から煙が燻る変わり果てた町の中を歩きました。馴染んだ町の面影はどこにもない、むしろ瓦礫と焼け跡ばかりが一面に広がったその光景は、大きくなったお腹を抱えて逃げてきた山の手のバラックでの光景と同じでした。

やがて宇都宮の町中に聳える明神山が、たなびく煙の向こうに見えてきます。他の目印なんて何もなくなってしまった町ですが、それでもあの山の横を抜ければその辺りが可奈子さんの実家です。

お母さんの手紙から、旦那さんと同じくお父さんも戦地に行っていることは知っていました。ですが可奈子さんのお母さんは、可奈子さんが育ったあの家にたった一人でいたはずです。

――ひょっとしてお母さんも、燃えてしまったのではなかろうか？

あの家と一緒に、お母さんもまた消し炭の一部になってしまったのではないのか？　右を向いても左を向いても、辺りはどこまでも焼け野原。こんな有様では、あの家がちゃんと残っている上にお母さんもきっと無事だろうと、そう安易に楽観するのは無理があり過ぎる。

可奈子さんの息が荒くなる。絶望が増すにつれ足は重くなるが、歩みは速くなる。とうとういても立ってもいられず、身重の身体で小走りになったとき——見えてきたのはあまりにも懐かしい、あの実家の姿でした。

周りの家がほぼ焼け崩れているというのに、火に炙られて焦げたような跡こそあるものの、それでも可奈子さんの実家はしっかりと形を保ち建っていたのです。

焼夷弾の嵐の中、実家が焼け残っていたのは、まさに奇跡としか言いようがありませんでした。

信じられない思いで家の前で立ち尽くしていたところ、お母さんがたまたま家の中から出てきて、すぐに娘の存在に気がつきました。後はもう薄汚れた身体を互いに抱いて、母娘二人で泣きじゃくったそうです。

その夜、二〇歳を超えた臨月の娘と五〇歳を間近にした母親は、二人で一つの布団の上で寝ました。それは薄くて固い布団だったそうですが、それでも目を開こうとも夜空が見えずにそこに天井がある。ただそれだけのことなのに可奈子さんは自然と涙がこぼれてしまうほどに、深く深くこの家に感謝をしたのだとか。

お腹の子を抱えて動けぬ自分を囲い、そして守ってくれる家がここにはある。それは途方もないほどの安心感であり、家の中にいるだけで自然と生きる気力が、頑張らなければという気持ちが湧いてきました。

その後、お母さんの介添えのもと可奈子さんは無事に息子さんを出産したのですが、残念ながら旦那さんとお父さんの二人は戦地で帰らぬ人となってしまったそうです。

さらにはもともと身体が強くはなかったことが祟り、息子さんが小学校に上がった直後にはお母さんも病気で亡くなってしまいました。

そこから先、女手一つでなんとか息子さんを育てることができたのは、亡くなった親が残してくれたこの家があったからだそうです。

可奈子さんのお勤めのお給金は決して高くはありませんでしたが、それでも住居費にほとんど生活費を割かなくて済んだのは本当に助かった、とのことでした。

あとはもうひたすらがむしゃらに頑張っているうちに、やがてかつての自分のように息子さんも結婚を迎えることになり、そしてやっぱりかつての自分と同じように都内で所帯を持つことになりました。

世の中は高度成長期のまっただ中、日本に核家族という新しいスタイルが生まれる時期ではあるのですが、それでも息子さんは可奈子さんに「東京で一緒に暮らそう」と持ちかけたそうです。でも可奈子さんにとって、東京は新婚早々に旦那さんを戦争にとられ、二人で苦労して買った新居が跡形もなく燃えてしまった地です。楽しい思い出もありますが、辛(つら)い思い出も多い土地でした。

悩んだ末、可奈子さんがこの地に残る決意を最後に後押ししたのは、母と自分と息子の人生を穏やかに過ごさせてくれた、大恩あるこの家を放置していくことはできないという思いでした。母を守り、息子を育ててくれたこの家は、可奈子さんにとってもはやかけがえのない人生のパートナーとなっていたそうです。

息子夫婦を都内に送り出し、子育てを終えた可奈子さんの一人での生活が新しくこの家で始まります。最初は寂しくてたまらなくなるだろうと思っていたのに、しかしそうでもなかったそうです。

一人で過ごしても、家を維持していくのにかかる手間はたいして変わらない。部屋は放っておけば埃(ほこり)がたまるし、外壁だってコケが生えてくる。自分よりもこの家の方が年寄りのはずなのに、まるで大きな子どもの面倒をみるかのごとく、可奈子さんはこの家に手をかけながら暮らし続けたそうです。

ときには大工さんにリフォームをお願いし、ときには自分でＤＩＹをして、掃除は欠かすことなく、古くなっていく家の管理を手間と愛情を注いで続けていく。

そんな大切な家に纏(まつわ)る思い出の中で可奈子さんが唯一悲しかったのは、都内で生まれたお孫さんが遊びに来たときのことだそうです。

時代はもはやバブル前夜。夢のマイホームなんて言葉が生まれていたように、広くて綺麗で新しくて、資産価値のある家は誰もの憧れの時代。時世から完全に取り残されていた大正生まれのこの家は、お孫さんにはまるでお化け屋敷に見えたようです。薄暗さのある三和土(たたき)の玄関、土間の炊事場と繋(つな)がった勝手口、それらの雰囲気が怖い怖いと泣き叫び、お孫さんはついぞこの家に泊まっていくことはなかったとのことでした。

そして、そして。

元号は昭和を過ぎて平成にいたり、昭和初期にはモダンだったはずのこの家はもはや年代物の古民家となり、まるでこの家の中だけゆったりと時間が流れているかのように錯覚しそうな日々の中、とある昼下がりに和室の座椅子で居眠りをしたきり、可奈子さんはもう目が覚めることがなくなってしまったそうです。

「——とまあ、最期の頃は本当にひどいリウマチに悩まされてて毎朝起きるのが億劫だったのだけれども、身体がなくなったらこれがすっかり楽になったのよ」

こちらとしてはまったく笑えない冗談をあっけらかんと口にして、可奈子さんが一人でコロコロと笑う。

それはさておいて。

「とにかくね、私は誰かにこの家に住んでもらいたいの。もともとは私の父も中古で買った家だもの、家族である必要なんてないわ。私の生涯を幸せなものにしてくれた大好きなこの家で、次の誰かにまた幸せな人生を歩んでもらいたい——それがこの家に愛着を抱いたまま死んでしまった私が、この世に遺してしまった未練よ」

過去の話の合間に、既に幽冥推進課のなんたるかを説明していたこともあって、可奈子さんは長い話の締めくくりにそう自身の未練を教えてくれた。

この家で生涯のほとんどを過ごし、そして最も辛かったときにこの家に命と家族を救ってもらった可奈子さん。この家を放置していくことはできない、なんて語っていたように、可奈子さんにとってもはやこの家自体が守るべき家族に等しいものなのでしょう。

けれども、そうであるならなおのこと。

「だとしたら、この家を活かすためにもあの手はやめましょう」

「……あの手？」

「そうです。空家バンクの掲載写真に写り込ませている手です」

何度入れ替えても、空家バンクのＨＰにアップされた写真のガラス戸にべったりと張りつく超常の手。あの心霊写真が掲載されている限り、この家にまともな買い手がつく可能性はないと思う。

ひょっとしたら可奈子さんは、心のどこかではやはりこの家が人手に渡ることに抵抗があるのかもしれない。その想いが無意識に手の形をとって、この家に来る人を拒もうとしているのかもしれない。

そう感じた私は、スマホを取り出して空家バンクのＨＰから問題の写真を開くと、可奈子さんの前にそっと差し出した。

「この写真の手が問題なんです。こんな写真が掲載されていたら、普通の人はこの家に住みたいなんて思いません。本当に誰かにこの家に住んでもらいたいと思っているのであれば、どうかわだかまりをなくして――」

「ちょ、ちょっと待って！　朝霧さんが何を言っているのかさっぱりわからないのだけれども……そもそもこの写真の手、私の手なんかじゃないわよ」

「えっ？」

予想外の可奈子さんの反応に、つい頓狂な声が上がってしまった。

「ほら、ちゃんと私の手を確認してちょうだい。私の手はこんなに若くてぷにぷにした赤ちゃんみたいな手じゃないわよ」

と、可奈子さんが写真に写っている側と同じ、右手を私の目の前に突き出した。

目の前の手と、写真の中の手を見比べながら私がつぶやく。

「……確かに」

ガラス戸に張りついた心霊写真の手は、可奈子さんが赤ちゃんみたいな手と評したように、指が太くて丸くてまるで子どもみたいな形の手だ。

対して同じ形に指を広げた可奈子さんの手は、枯れ枝のようではありながらも、生前には一生懸命頑張って皮膚にも年齢を刻んできた老人の手だった。

「いや、ですが……この家に入ってくるなとばかりに玄関で私を追い払おうとした手は、確かにこの写真の手とそっくりでしたよ」

「玄関？　追い払う？　……さっきから本当に何を朝霧さんは言っているの？　私は死んでからずっとこの部屋に居続けているわよ。誰かを追い払ったことはおろか、玄関で人を出迎えたことすらありません」

きっぱりとした可奈子さんの言葉に、火車先輩ともども目を丸くしてしまう。

「えっと……だったらつかぬことをうかがいますが、この家には可奈子さん以外に他に誰か別の地縛霊がいたり――」

「それもありえません。父が知人からこの家を買ったとき誰かが死んだなんて話はなかったし、母も亡くなったのは病院よ。そして私が死んで以降は誰も住んではいないのだから、この家にいる地縛霊は私だけのはずですよ」

たぶん――可奈子さんの言っていることに嘘はない。この家にいる地縛霊は、きっと可奈子さんだけなのだろう。

しかし不可思議な手は、可奈子さんのものではないという。

だとしたらあの手はいったい……誰のものなのでしょうか？

玄関口で目の前に突き出された正体不明の不気味な手を思い出し、凍りそうなほどに私の背筋が寒くなった。

7

幽霊騒ぎが人間の仕業だったとわかって安堵するも、実はどうしても説明がつかない本物の怪異が一つだけ混じっていて、後になってから気がつき背筋を震わせる――なんてのは怪談の定番オチではありますが。

現地の地縛霊様から「怪異は私の仕業じゃないわよ」と言われ「地縛霊の仕業じゃなかったのなら、あの怪異はいったい？」と全身に悪寒を走らせる――そんなオチはある意味で斬新ではないでしょうか？

まあ、そんな戯れ言はさておいて――ちょっと整理をしましょう。

私に任されました今回の案件は『ＨＰに掲載したとある空家の紹介写真を、いつのまにか心霊写真にしてしまう地縛霊のあの世までのご移転』です。

実際に現場に向かえば、確かに問題の空家に強い未練を遺した可奈子さんが、その地に縛られていました。

ですが可奈子さんは空家バンクの掲載写真を心霊写真になんてしていないと証言し、そして写っている手から考えてもそれはどうやら本当らしいのです。

だったら疑うべきは第二の地縛霊の存在ですが、可奈子さんの言葉を信じる限りはこの家で亡くなった人は可奈子さんしかおらず、また可奈子さんがそんな嘘を言う理由もない。

そうなると、空家バンクの掲載写真に写っている、私を玄関口で追い払おうとした赤ん坊のようなあの手は、はたしてどこの誰さまのものなのか?

こうなってくると、もはやホラーではなくてミステリーですよ。私も火車先輩も残念ながら脳細胞が余すところなく灰色のため、事件は早くも暗礁にド派手に乗り上げ、その勢い止まらぬまま迷宮に突入しそうです。

非常にモヤモヤとはするものの、でも考えても答えが出ないものは出ない。

その後もしばらく可奈子さんと雑談してみましたが、でも謎を解くヒントは得られることなく、夕方前には火車先輩ともども可奈子さんのお部屋をお暇しました。

新橋(しんばし)庁舎への帰りの車中では、あーでもないこーでもないとぎゃあぎゃあ火車先輩と議論を交わすも結論は出ぬまま帰り着いて、その日はそのまま退勤です。

アパートに帰ってから今夜も大豆丼をかっ喰(く)らい、胃袋を欺(だま)すようにそのまま寝て、それでもって朝になり再び出勤をしたところ、

「朝霧さん。実は例の案件ですが、ちょっと厄介なことになってきました」

たった一晩寝ただけで、早くも問題が発生していました。

「どうもな、ワシらがあの空家を後にしてから、夜中に警察が出動するほどの大悶着があったらしいのだ」

「け、警察っ!?　それ、どういうことですか？」

私の出勤を待ち構えていた辻神課長と火車先輩から神妙な顔つきで交互に言われ、つい声を荒らげてしまう。

何があったのかというと――要は、こういうことのようです。

私たちが可奈子さんの元を去ってからの昨日の深夜、どうも肝試しをしようとあの古民家に大勢の人が押しかけたらしい。もちろん肝試しなんてものをしようとしたきっかけは、空家バンクのＨＰに掲載されたあの心霊写真が原因です。

しかも発案した一人が面白がり、ネットで肝試しに行く参加メンバーを募ったのが大問題で、なんと二〇人以上の暇人たちが一気に集まったとか。

閑静な住宅街の道路に、違法駐車の列が並ぶ。人が多く集まったせいで気持ちの大きくなった連中が、真夜中にもかかわらず往来でガヤガヤドヤドヤとバカ騒ぎをして、中にはその様を生で動画配信している者までもいる。当然ながら周囲の家の人たちが目を覚まさないわけがない。

そして騒ぎのピークは、鍵がかかったまま玄関の引き戸を無理やり取り外して中に入ろうとしたときだった。

例の猛烈なラップ音が肝試しに来た連中を襲い「やべぇ、このラップ音すげぇ！」とか「再生数すごいことになるから動画回しとけっ！」といった大声がしきりに飛び交い、とうとう不安が限界を迎えた周辺住民の方々が警察へと連絡をした、というわけです。

通報を受けた警察官が現地に駆けつけたとき、まさに興奮した連中が空家の中へと土足で入ろうとする寸前だったとか。

警察がすぐに応援を呼んで、何台ものパトカーがやってくると、職務質問という名の事情聴取が始まりました。

所詮はネットで集めただけの烏合の衆。警察が出てくれば無理して不法侵入をするような剛の者もなく、昨夜はほどなくして解散となった。

ですが警察の対応を窓の隙間から覗き見ていた住人の話では、集まっていた連中には反省の色がなくきっとまたやってくるに違いないと、だからあの空家自体をなんとかできないかと、そう自治体に陳情が入ったらしいのですよ。

これはまさに『地縛霊の占拠も特定空家に加えられないか？』と自治体が相談し、懸念していた通りの状況です。心霊写真などという本来なら議論の俎上に載せることすら躊躇するモノが招いた、空家の周辺地域への確かな環境被害です。

「そして今回の件、一筋縄でいかないのは、空家の所有者にいっさい管理者責任を問えないというところです」

「……なるほど。問題の写真は空家バンクの委託先の会社が撮影しているものですし、それに心霊写真を理由に行政が動くわけにもいかないですもんね」

辻神課長も火車先輩も厳か（おごそか）にうなずく。

「その通りだ。警察沙汰になった以上、自治体としても今回の件を持ち主に報告したいのだが、改善指導のしようがない。異臭がしているわけでも衛生的に問題があるわけでもなく、最低限の管理は行っていて、かつ空家の再利用のために自分から空家バンクへの登録も申請している。所有者側に不備はないのだ。

――それこそ『特定空家』の条文に『地縛霊が住み着き居座っている状態』でも加わらない限りはな」

かといって、それが無理なことは語るまでもないお話なわけで。

「……やっぱり、幽冥推進課で動いてなんとかするしかないわけですね」

「昨日、朝霧さんたちがコンタクトした地縛霊の方が例の心霊写真に関与している可能性が低いことは、火車からも聞きました。

しかし問題の怪奇現象に地縛霊が絡んでいようがいなかろうが、地縛霊に纏わる法案の改正要望が出されている今回は特例です。この特例がまかり問違っても判例になってしまわぬよう、例外は例外のままで終わらせることが吉だと私は考えています」

「おっしゃることはわかりますが……あの手が可奈子さんのものでない以上、解決策が思いつかないのですが」

「最後の手段として、あの古民家を強制的に空家バンクから登録解除して抹消するという手もあるにはあるのだがな――」

申請者に不備がない以上は、それは基本的にしちゃいけないことです。

空家の利活用を促す施策である空家バンクだが、掲載写真が心霊写真になってしまうからなんて理由で登録解除してしまったらそれこそ特例が前例となってしまう。

「……わかりました。とにかくもう一度、火車先輩と一緒に現地に行って、何か解決手段がないか探ってみます」

8

舐めてはいけないSNSのバズる速度。

昨夜の警察沙汰のとき、集まった肝試し参加者の何人かが撮影していたという情報があったので検索をかけてみれば、それらしき動画が凄まじい勢いで拡散していた。

これ冗談じゃなく、より大勢でまた今夜にでも来かねないかと。

その結果、近隣住宅への器物損壊や不法侵入、最悪は不審火なんかが起きてしまってはまさに手遅れで、いよいよこの案件の火急性が増してきた。

「とにかく、あのご婦人からもう一度話を聞いてみるしかなかろうな」

焦る気持ちの一方で、どうにも煙に巻かれているような気もする案件だが、困ったときほど基本に立ち返るのはやはり重要でしょう。

「そうですね。ひょっとしたら可奈子さんの思い違いや、何か忘れていることもあるかもしれませんしね」

そんな会話を交わしながら、昨日と同じ道を軽の公用車でペケペケと北上する。

急いだ甲斐もあってお昼過ぎには宇都宮市に到着し、昨日と同じコインパーキングに停めると、百々目鬼さんの黒歴史が言い伝えられている『百目鬼通り』を横目に、問題の可奈子さんの空家へと向かう。

足早に道を歩いていると、なんだか妙な違和感が肌に纏わりついた。具体的に言えば、道をすれ違う地元の方がやたらじろじろと私を見ている。

確かに近隣の人からすれば見知らぬ顔の私だがここは仮にも町中、昨日までは少しも気にされていなかったのに、今日はあからさまに警戒されている。

その理由は考えるまでもなく、昨夜の警察騒ぎによって付近の住民方が不安を感じているからでしょう。

そりゃ見ず知らずの連中が真夜中に大勢集まってきて騒ぎ、近くの空家へと無理やり押し入ろうとすれば、付近の住民方は怖くなって当然だろう。勢い余ってうちにも入ってくるんじゃないかと、そんな想像をしては見知らぬ顔の人が歩いているだけで用心してしまうのもさもありなんというものだ。

「……予想以上に切羽詰まっておる感じだな」

リュックの中に頭を引っ込めたまま、火車先輩がボソリとつぶやいた。

とにかく今は、解決まで急ぐことが肝要です。

隣家の窓から覗き見られている気配を感じつつも、私は預かった鍵で玄関の施錠を外す。引き戸を開けて、人目を避けるように急いで玄関の中に入り込みほっと一安心しかけたところで――、

パシンッッッ!!

「ひえぇぇ!」

まるで雷のごときラップ音が頭上で鳴り、その場で頭を抱えてしゃがみ込んだ。

おまけに今日はその一発で終わらず、まるで舌打ちでもしているみたいにピシッ、ピシッと小さなラップ音が続き、本日の謎の怪現象様はたいそうおむずかりらしい。

「えっと……なんだかだいぶお怒りみたいなので、もう専門家の人を呼びません?」

「似たようなことを毎回言わすな。おまえこそが地縛霊の専門家だろうが」

リュックから首だけを出して呆れ顔を浮かべた火車先輩の、尖(とが)った三角の耳先がふいにピクピクと妙な動きをした。

「――ちょっと待て。音に欺されずに、集中してちゃんと気配を感じてみろ」

「へっ？」

火車先輩の声に促されるまま、私は気持ちを静めてからいまだにラップ音が鳴っている天井の方へと意識を向けてみる。

――すると。

「……あ、あれ？」

「どうだ、感じないだろう？」

「はい……このラップ音からは、まったく地縛霊の気配がしません」

なんと言ったら伝わるのか。じっとりしっとりじめじめと微妙に生温かいくせに油断するとゾワゾワと鳥肌が立ちそうになる、地縛霊が発する陰気な気配がこの音からは微(み)塵(じん)も感じられなかった。

「これ、どういうことですか？」

「どうもこうもあるか、そのままの意味だ。このラップ音らしき音は、地縛霊の仕業どころか、怪異ですらないということだ」

「いやでも私たちが入るなり、こんなに意味深にパシパシと鳴ってるんですよ。どう考えたって何かしらの、か――」

火車先輩と口論する私の声が半ばで途切れた。怪異の「か」の字を口にしかけたところであんぐりと開いたまま固まってしまう。

それというのも――生白い腕が一本、いつのまにか廊下の暗がりからすーぅっと伸びていて、沓脱ぎ石の真上辺りにあの手が浮いていたからだ。

ちなみに五指を開いて「ＳＴＯＰ！」と主張していた昨日とは違い、本日は親指以外の四本の指をくっつけてだらりと垂らした、由緒正しいジャパニーズうらめしやスタイルの手だった。

「ほ、ほらぁ！　やっぱりちゃんとした怪異じゃないですか！　これきっと、可奈子さん以外の地縛霊の方がどこかにいるんですよ！」

「決めつけずにその手もよく観察してみろ！　何かがおかしいだろうがっ!!」

火車先輩に怒鳴り返され「えぇ……」と内心で眉をひそめながらも、私はやむなくなまっちろい手をよくよく凝視する。

……あぁ、確かに。

なんでしょう、この手。ものすごく作りものめいている。

前回はいきなりの上におっかなびっくりだったのと、心霊写真に写っているのはややぼんやりしているのでわからなかったが、なんというかとても雑な造りの手だった。

　まず指に関節がない、爪もない。可奈子さんの手と写真に写った手を見比べて、こっちを赤ちゃんみたいな手だと評した理由も今ならわかる。この手には人の手にならば確実にある皺が、ただの一本たりともなかったのだ。おまけに腕にも肘や手首がなくて、まるでバルーンアート用の細長い風船をを縛って形だけ人間を模したような、そんな手だった。

　気がついてしまえば、人間の霊である地縛霊のものとはとても思えない不気味な手が、私の鼻先にまでずいと伸びてくる。

　そのまま私を追い返そうとする例の人払いの仕草をするのか、と思いきや。

　――クイクイ、と。

　揃えた四本の指らしきものを外から内側に向かって何度も折り曲げる、いわゆる手招きをしたのだ。

　想像と真逆だった動作に、思わず私の目が白黒してしまう。

　一方で、主張すべきことはもう終わったと言わんばかりに、私の目の前にまで伸びていた腕が、まるでホースでも巻き取るようにしゅるしゅると廊下の奥へと引っ込んでいく。そして突き当たりとなる曲がり角の手前で一瞬だけ戻るのをやめると、もう一度だけ手招きしてからすーっと奥へと消えた。

　いきなりの展開に、自然に「ははっ」と乾いた笑いが私の喉から漏れた。

「……急なお誘いですけど、どうしましょう？」

「ワシらは、心霊写真の元凶たるあの手の正体を探りに来たのだ。お招きに応じない手など、文字通りにあるまい」

私のリュックからポンと飛び出し、ドテッとやや重めの音で廊下に着地した火車先輩が、上手いこと言ったようなドヤっとした顔をする。

「ですよねぇ。どのみち手詰まりでしたし、まあ救いの手と思うべきですかね」

——そんな下らない言葉遊びはともかくとして。

とりあえず靴を脱ぎ、私は板張りの廊下に上がる。可奈子さんのいる部屋は玄関から左手に延びた縁側の方だが、手が引っ込んでいったのは廊下をまっすぐ進んだその先だ。

昨日とは違って縁側から光が入って来ない、より暗い方へとギシギシ音を立てながら進んでいくと、

「……おぉ」

手の消えた突き当たりの角を曲がると、そこは床が土である土間の炊事場だった。

それこそ博物館にでも行かない限りはもはやお目にかかれない、資料価値のありそうな部屋だ。家の中なのに固い地面の部屋があるというのは、私の感性からするとちょっと不思議でなんだか微妙にテンションが上がってしまう。

とはいえこの家は一〇年前まで実際に可奈子さんが生活していたわけで、壁際にある

のは竈（かまど）から替わったガスコンロであり、昔は井戸の水を溜（た）めていたのだろう瓶（かめ）の横には、四本の細い脚がついた金属製の古いシンクが立っていた。

火車先輩が廊下からピョンと跳ねて土間に着地し、すたすたとその先へと進む。

妖怪は土足とか関係なくていいなぁ——なんて思っていたら、廊下との境にあった沓脱ぎ石の上に埃をかぶったサンダルが放置されていたので、いそいそと足をつっかけ追いかける。

「おい、見ろ」

土間の奥で私にお尻を向けた火車先輩の視線の先をたどってみれば、そこにあったのは一本の柱だった。たぶんこの家の大黒柱なのでしょう。壁に建つ他の柱とは二回りは太さの違う、ほぼ天然素材まんまな丸い柱がでんと土間の中央に聳えていた。

その大黒柱の後ろから例のまがい物の手がちょこんとはみ出ていて、私を再びクイクイと招くとすっと柱の陰に引っ込んだ。

慌てて大黒柱の裏に回って確認するも、そこにはもう手らしきものは影も形もない。追いかけても逃げ水のごとく消える手に、正直ゾッとしてしまう。

「……さっきからなんなんですか、これ」

血の気の引いた顔で眦（まなじり）をヒクつかせていると、大黒柱をじっと見つめていた火車先輩がフンと強く鼻息を噴いた。

「ようやく正体がわかったよ。ワシらを招いたあの手は、この〝逆柱（さかばしら）〟のものだ」

「逆柱？」

「そうだ。おまえのすぐ横に建っている大黒柱を見ろ。あちらこちらに節が浮かんでおるだろ」

「……まあ天然の木を利用した柱ですからね、節ぐらいあって当たり前なんじゃないですか」

「節とはもともと木だったときに生えていた枝を落とした跡だ。当然ながら枝の太さによって節の大きさもまちまちとなるわけだが――もう一度よくよくその柱を見てみろ。節の大きさに法則があるのがわからんか？」

言われて柱の節目を上から下までじっくりと観察すると、とあることに気がついた。

「あぁ……下に行くほど、柱の節目が小さくなってますね」

私の言葉に火車先輩が大仰にうなずいた。

「そうだ。その柱は下の節目の方が小さいのだ。節目が枝を落とした跡である以上、若い枝のほうが節目が小さくなる。つまりその木は生きていたときと天地が逆向きに建てられているのだ。それを逆柱という」

「逆柱という――なんて得意げに言われましても、単に野に生えていたときと逆に建てただけの柱ですよね？」

「〝単に〟ではない。普通それはせんのだ。逆柱は縁起が悪いとされていてな、ちゃんとした職人ほど験を担いで逆柱にはならぬよう注意して柱を建てる。

しかしごくまれに、あえて柱を逆さに建てる場合がある。本来、逆柱は施工ミスのようなものだ。正の方向で建つべき柱が逆になっているのだからな。すなわち逆柱を是正しない限りは完全な状態にはいたらない。よって逆柱がある間は作り途中であり、まだ完成していないのだから壊れたりとか朽ちたりする、それ以前の状態なのだと――そんな牽強付会で、逆柱を建物の長寿を願う呪物とすることがあるのだ。

そしてこの柱はこの家の大黒柱だ。一番大事な柱を逆に建ててしまうなど、よほど大工が間抜けでなければありえん。ゆえにこの逆柱は、いつまでもこの家がこの地に建ち続けていることを願って建てられたものだと考えるべきだ」

まあ――火車先輩の言いたいことはおおむねわかりました。要は「完成したわけじゃないから、壊れないよ」という、こじつけのおまじないが逆柱なのでしょう。

けれども、それがいったいなんだというのやら。この大黒柱に、この古民家が壊れないようにという願いが込められていたとしても、今は関係ない。

――なんて思っていたら、なんだか急に左手に妙な違和感を覚え、反射的に自分の手に目を向ける。

すると、いつのまにか大黒柱の節の一つからにゅっとあの作り物の手が伸びていて、私の手首を握り締めていた。柔らかくもちょっとひんやりした人のものならざる手の感触に、ゾワゾワと鳥肌が立つ。

「あぁ、それともう一つ言っておくとな、逆柱というのは縁起的な風習であると同時に、間違って建てればその家からは家鳴りがするという——すなわちラップ音に悩まされるなんて俗信もあってな、そういう怪異を引き起こす妖怪とされることもある」

「よ、妖怪っ!? ——っていうか、そっちを先に言ってくださいっ!!」

つまるところ火車先輩たちと同じ妖怪だった〝逆柱〟さんが、私の手首をつかみぐいぐいと強い力で引っ張る。

そのまま柱と衝突させられそうな勢いで引き寄せられた私は、「ひえぇぇ!」というちょっと情けない悲鳴を上げつつとっさに腕を突き出し——へにょん。

引っ張られるがままの私の掌が大黒柱に触れた途端、木の皮を残してある柱の表面が丸くへこんだ。

「……えっ?」

堅くて重そうな柱にしてはあまりに予想外な感触に、引っ込めた自分の手を思わずじっと見つめてしまう。

そしてもう一度、今度は指先でもって大黒柱の同じ場所を押してみれば、やっぱり押された分だけぐんにゃりと表皮が沈み込んだ。

そんな私の動きを確認すると逆柱の手は私の手首を離し、用は済んだとばかりにしゅるしゅると柱の中に引っ込んでいく。

「……ねぇ、火車先輩。もしかしてこの柱って」

私がぼそぼそと囁いたのに対し、火車先輩は大きなため息を一つ吐いてから、どこか諦念の込もった声で柱に向かって語りかけた。

「なるほど、それが空家バンクの写真を心霊写真にしてまで『来るな』と主張したり、大勢の連中がやってくるなり今度は方針転換してワシらをここに招いた理由か」

パシンと、玄関でも聞いたのと同じ大きなラップ音が、この土間の天井からも響いた。

――でも本当は、それがもうラップ音でないのはわかっていた。

逆柱とはラップ音を起こす妖怪らしいが、でも今の音は違う。家の長寿を願って建てられたこの大黒柱に、限界が迫っている音だった。

おそらくこの家を支えている屋台骨全体が、折れる寸前まで軋んでいてパシパシ鳴っているのだろう。

悪化する治安により急激に住民の不安が高まっているが、実はそれ以上にこの案件は火急に対処しなければならない問題を孕んでいたと、私と火車先輩は確信する。

「まずは急いで家屋の劣化診断ができる業者の手配だ。悠長に所有者の許可をとっている猶予はない。辻神には行政代執行法の第三条第三項を適用し、即座に調査の準備を進めてくれと――そう、伝えろ」

9

個人の私物である空家の管理に対して国や自治体が強制的に介入するには、行政代執行と略式代執行の二つの手段があります。

行政代執行は空家の持ち主がちゃんと判明している場合に適用され、略式代執行は空家の所有者が不明であった場合に採択される方法です。

所有者が可奈子さんのお孫さんだとはっきりしている今回の空家の場合、私と火車先輩が業者を引き連れ調査するには行政代執行の手順に従う必要があるわけです。

その手順とは、まず空家の法的な違反や管理不備を指摘し、改善までの履行期限を定めた通知を出します。その上で期限までに履行されなかった場合は文書で戒告を行い、それでもなお対処がなされないときに限り、初めて行政代執行を行えるようになるのです。

――しかし。

どうしてもそんな悠長な手続きを踏んでいられない場合、つまり『非常の場合又は危険切迫の場合』においてのみ、『前述の戒告及び代執行令書による通知の手続をとる暇がないときは、その手続を経ないで代執行をすることができる』と行政代執行法の第三条には記載があります。

火車先輩が辻神課長に適用の要請をしたのは、まさにこの第三条第三項に即しての緊急処置の行政代執行です。

普通であれば決して抜いてはいけない、できれば抜きたくなんかもない、やむなしのときだけ使用を許可された伝家の宝刀。

しかし今はそれをすべきと、逆柱の——あの古民家を支えている大黒柱の状態を鑑みて、火車先輩と私は判断をしたわけです。

そしてそれを理解してくれた辻神課長の動きもあって、その日の夕方には地元の建築事務所の調査員さんが、私たちが待つ古民家の玄関前に駆け付けてくれました。

とりあえず幽冥推進課だの地縛霊だのといったことは伏せて事情を説明し、診断する家の古さに驚いている調査員さんを玄関前に立たせたまま、私は一人で家の中に上がって可奈子さんのいる和室へと向かう。

先述したように、今回は行政代執行法の第三条第三項を適用した緊急の調査だ。所有者であるお孫さんにすら話を通す必要性はない。だから可奈子さんの許可だって不要で、さらには心霊写真の怪異を起こしていた犯人が逆柱だったとわかった今では、可奈子さんに無理に幽冥界にまで立ち退いていただく必要すらない。

——だが、それでも。

私は、可奈子さんの許可が欲しかった。

この家で育ち、この家に助けられ、この家とともに生涯を過ごしたという可奈子さんにだけは、この家の寿命を否応(いやおう)なしに割り出してしまう劣化診断をする上での、スジを通しておきたかったのだ。

縁側にまで辿り着くと、私は和室の中へと目を向ける。座椅子と座卓が残されたままの、おそらく可奈子さんが亡くなったときからそのまま放置されている部屋。

「あら、朝霧さんじゃないの。またいらしたのね」

闖入者(ちんにゅうしゃ)たる私を温かく迎えてくれる可奈子さんが、今日もそこにいた。

いきなりやってきたせいで少しだけ驚き目を見開いているが、その顔に浮かんだ笑みは昨日と同じく柔和そのものだ。

だけど、今の私は笑い返せなかった。可奈子さんがこの家に遺した未練を既に知っている私には、安易に笑みを浮かべる勇気がなかった。

そんな気持ちが私の顔から滲(にじ)み出ていたのだろう。可奈子さんの表情が僅かに翳(かげ)った。

「……元気ないのね、朝霧さん。ひょっとして何か良くないことでもあったの?」

私の気持ちを慮(おもんぱか)り、火車先輩がリュックから顔だけ出して私に耳打ちする。

「なんなら、ワシが代わってやろうか？」

けれども私は首を横に振る。

火車先輩は優しい。優しすぎるから、きっと私が「お願いします」と言えば本当に代わってくれるだろう。

でもこれは私の我儘なのだ。既に行政代執行の許可は下り、心霊写真にも関わっていない可奈子さんと話す必要は何もない。だからもう、この先は仕事ですらない。

地縛霊となってしまった人たちに——辛い未練を遺し国土に縛られている方たちに、せめて最後ぐらいは笑ってこの世から退去していただきたいという、私の身勝手なただの願いに過ぎないのだ。

私のしようとしていることを火車先輩が黙認してくれている段階で、もう十分に厚意に甘えてしまっている。

だからこそ、言い辛いことも言い難いことも、全ては私が言わなければダメなのだ。

覚悟を決めた私は、その場で腰を落としペタンと正座する。

そしてまっすぐに可奈子さんの目を見据えた。

「今日は可奈子さんに許しを請いたいことがあって、ここにきました」

「……許し？」

「そうです。これからも誰かに住み続けて欲しいと可奈子さんが願うこの家の、住宅劣化診断をさせていただきたいのです」

私の言葉に、可奈子さんの目が細まった。

「それは、どういうことかしら？」

「この家の玄関に入るとき、実は引き戸を開けただけで天井からものすごい破裂音がするんです。さらには天井を誰かが歩いているような、おそらく木材が激しく撓んでいる音も耳にしました。たぶん玄関の戸の位置が変わるだけでもうこの家はバランスが崩れて、その歪みによってあちこちの柱が折れ始めているんだと思います。

可奈子さんは、この家の大黒柱の状態を理解されていますか？　あの柱は表面から触っただけでもへこんでしまうんです。この家を支える上で一番大事な大黒柱ですら、もう中身が空っぽでスカスカの状態なんですよ。

私が思うに、この家はもう人が安全に住めるような状態ではなくなっています」

最後の言葉を言い終えるなり、私は自分の唇をぐっと噛みしめた。

たとえそれが事実であったとしても、人は自分が大事にしてきたものや大切な想いを貶されれば、理性よりも感情が先んじて怒りを感じてしまうものだ。

だから可奈子さんから頭ごなしの叱責を受けることも、私は覚悟をしていたのだが、

「なんて顔をしているのよ、朝霧さん」

話の最中は不安そうに引き結ばれていた可奈子さんの口元がふっと緩み、続いて「う

「そんなの、もちろんいいわよ。今のこの家の状態を調べてくれるのなら、むしろ私にとってはありがたいぐらいじゃないのよ。――そうよね、この家の天井を見上げながら産んだ息子が、お爺ちゃんになって寿命を迎えてしまうほどの年月が経ったのだもの。この家だって、そりゃあ歳をとってボロボロになっていても当然よね。

だから私に気兼ねなんてする必要はないわ。この家がまだ誰かの安らげる場所でいられるのか、それとももう無理なのか、どうかあなた方の手で調べてちょうだいな」

ふふ」という笑い声すら漏れ出た。

10

診断を終えた調査員さんから聞いた結果の速報は、予想通りのものだった。

いや、むしろ私が予想していたよりもずっと悪かった。

「正式な報告書は急いで郵送しますが、とにかく今はこの家の中には絶対に誰も入れないようにしてください！」

持ち込んだ機材を片付けるなり逃げるように去っていった調査員さんの顔の青さが、如実にこの家の危険度を物語っている。

頭を下げて調査員さんを見送ってから、私は玄関へと踵を返す。本当は私だって家の中に入ってはいけないのだが、それでも最後の責務だけは果たさなければならない。

やたらと床板が軋む廊下を歩いてまっすぐ可奈子さんの和室に向かい、そして座卓に腰掛けたまま待っていた可奈子さんの前に座った。

変わることなく穏やかで柔らかな笑みを、可奈子さんは浮かべている。

「おかえりなさい、朝霧さん。それで診断の結果はどうだったかしら？」

「はい。調査員さんから速報を聞いてきました。事務所に戻って計算をするまでもないそうで——この家は、やはりもうダメでした」

可奈子さんが深く目を閉じ、小さく「そう」とだけつぶやいた。

「天井の家鳴りの正体は、やはり傾き始めている家の歪みから生じる木材の軋み音でした。四方の壁と柱、全てが家の内側に向かって傾き出しているようです。その原因が全体的な経年にあるのは間違いないのですが、その中でも最大の問題は大黒柱でして、ケヤキ材の中身がほとんどシロアリに食われ表皮の内側はもうほとんど空っぽだそうです。

むしろそんな状態でどうしてあの大黒柱はまだ建っていられるのか。大黒柱が支えられない状態なのになんでこの家はまだ形を保っているのか。普通であればとうに倒壊しているはずが、まだなおこの家は建っている。その事実がもはや不可解なんです——と、調査員さんはそう言っていました」

私の説明を聞き終えた可奈子さんは瞑（つぶ）っていた目を開き、うっすらと微笑んだ。

「残念だわ、本当に残念。——でも考えてみればそうよね。人に寿命があるように、家にだって寿命があって当然だわ。それなのに私が死んでからも、この家だけはいつまでもこの世にあり続けて幸せな家族とともにあって欲しい、なんて——よく考えたら、ひどい願いよね」

「そんな、ひどいだなんて」

言いかけた私の言葉を、可奈子さんが「うふふ」と笑って遮った。

「いいえ、ひどい話なのよ。私も自分が死ぬまでは頑張ってきたつもりだけれども、この家だって私以上に頑張ってきたんだもの。雨露を凌ぎ風を防ぎ、何度もあった地震も堪(こら)えて、戦火にも耐え抜いた。そうやって私と私の家族を、一〇〇年近くにわたって守り続けてくれていた。それなのに私の願いは、まだなおこの家を使い潰すことだったのよ。

これからも幸せな家族とともに存在してくれたら、この家に染みた私の想いもいつまでもこの世にあり続ける——そんな大それたことを託されても、家だって迷惑だわ」

可奈子さんが自分を卑下するように、少しだけ寂しそうに笑った。

「——可奈子さんは、最近の日本の空家率がどれくらいかご存じですか？」

「えっ？」

いきなり切り出された私の話に驚く可奈子さんだが、真剣な私の目を見るなり息を呑(の)

んだ。

「二〇一九年の総務省のデータによれば八四六万戸、実に日本の住宅数の一三・六パーセントが空家になっているんです。そしてこの数値は次の調査で間違いなく更新されるでしょう。地域によっては既に二〇パーセントを超えているところもあり、人口減少が止まらない今のままではこの国全体で五軒に一軒は空家となる時代がまもなく来ます。今後は大なり小なり、大勢の国民が空家という問題に悩まされることになるんです。それを解消する方法の一つが、ご自分の大切な家に住みきるということです。そして愛した家を、次の誰かが受け継ぎ住んでいくことなんです。ですから可奈子さんのその想いは推奨されることであり、そして褒められることなんですよ」

「朝霧さん……」

「日本の住宅の寿命というのは、気候の安定した地震の少ない地域と比べるとどうしても短いです。空家にしないためにも長く住み続けてもらいたいのですが、それでも人間の寿命がまちまちであるように、家もまた様々な理由から限界を迎えてしまうのはいたしかたありません。けれどもこの家に染みた可奈子さんの想いも、この家がこの場所に存在していた事実も決して消えはしません。というよりも、絶対に消せはしないんです。

だって国土というのは、そもそもからして死骸と残骸の上に存在しているんですから。太古から微生物や植物の死骸が積み重なって大地はできあがっているんです。だから土に還るということは、その場所の歴史の一つになるということでしかなく、消えてしまうことと同義ではないんですよ。新しい礎になるということなんです。恩義あるこの家に最後まで住み続け、そして一緒にこの土地に積もってゆく層の一つになったのだと、胸を張って自慢してください」

私はここぞとばかりに、にっかりと笑った。

目を丸くしながら私の話を聞いていた可奈子さんも、つられるように口元をほころばせた。

「……ええ、そうね。確かに朝霧さんの言う通りでもあるわね。いやだわ、言われて気がついたけれども、私ってばこの世にもこの家にも未練たらたらじゃないのよ。土に還るということは消えるのではなく、土となってその土地に積み重なること——ありがとう、なんだか急に気持ちが楽になったわ」

憑きものが落ちたように、顔からいっさいの翳りが消えた可奈子さんが破顔した。

そして自然な動作でこの部屋の天井を見上げると、

「ありがとうねっ!!　今日まで本当に頑張ってくれて、感謝するわ！　この家が必死になってここに建ち続けてくれたから、私は幸せな人生を送れたのよ！　この幸福はこの家のおかげなの、だから長いことお疲れさまだったわねっ!!」

可奈子さんが、腹の底から声を張り上げた。

――すると。

『こちらこそ、ありがとうございました。ボロ屋で時代遅れになっても、私の中で生まれたお子さんが大きくなって出て行っても、毎日変わらずに掃除してくれて、壊れたところも直してくれて、最後まで十分に存分に住んでもらえて――本当に幸せでした』

どこからともなく、そう声が返ってきた。

これには私だけでなくリュックの中の火車先輩も、それから可奈子さんすらも大きく目を見開いてしまう。

「あらあら……喋れるのだったら、もっと早くにお喋りしたかったのに」

感謝の言葉を耳にして、可奈子さんが顔をくしゃくしゃにしながら眦に涙を溜めた。

逆柱が普通に喋れるのなら、手だけで意思表示するなんてまどろっこしい真似はしていないだろう。今の返事はきっと、最後の最後に力を振り絞って出したものなのだと思う。

――でも、そんな説明を可奈子さんにするのはただの無粋だ。

人生で最も苦しかったときに壁と屋根で自分を守ってくれた家に愛情を注ぎ、恩義を返すべく最後まで住み続けた可奈子さん。

いつまでも朽ちることがないようにと願いを込めて柱を逆さに建てられ、その願いに応えるかのように空襲をも耐え抜き、そして住む人を守り続けた家。

自分の家を愛した人と住む人を愛した家が、互いに感謝の想いを伝えたかったからこそ、一度だけ言葉を交わせた奇跡――それ以上の解釈なんて必要なかった。

主を失った和室の座椅子が、カタンと音を立てて倒れる。

既に天寿を全うしていたこの家に最後の感謝を告げた今、もはや可奈子さんにはこの世に留まる理由がない。この家から立ち退き、早々と幽冥界にまで旅立っていた。

なんだか急にガランとした気がする無人の和室を前にして、いつもであればこれにて案件終了としみじみするところなのだが――、

ピシンッ!!　バキバキバキッ!!!

可奈子さんを送り出した余韻に浸りかけた私の頭上から、猛烈な破裂音が響いた。

しかも今度の音は一度では止まらない、何度も連鎖的に音が続いている。

驚きながら天井を見上げた瞬間、私の鼻先をかすめるように厚めのベニヤ板が降ってきて、畳の上に積もっていた埃を激しく舞い上げた。

さーっと血の気が引く。あと数センチずれていたら、私の脳天を直撃していた。

これだけで異変は終わらない。さらに音量を増して鳴り続ける猛烈なラップ音――も

と い、柱と木板が撓んで折れ続けている音が、家中のあちこちからオーケストラのごとく鳴り響いていた。

「いかん！　走れ、夕霞っ!!」

リュックから顔を出した火車先輩が叫ぶも、そんなことは言われるまでもない。

私は和室から廊下に飛び出すと、既に桟がひずんでいて開きそうにない縁側の戸には目もくれず、玄関方面へとまっすぐ走った。

その間も天井はUの字形にぐいぐい沈み出し、今にも限界を超えて崩落しそうになる。

「っていうか、可奈子さんはもういなくても、まだ私がいるからっ!!　ここまで頑張ってきたんだから、もうちょい根性を出してよっ！」

涙目で玄関口まで戻ってきた私だが、入り口の引き戸はきっちりと閉まっている。

――もしもあの戸まで歪んで開かなかったら、これは本格的にアウトなのでは？

怖(おそ)ろしすぎる想像が頭の中をよぎったとき、走りながら三和土(たたき)に下りようとしていた私の目の前で、まるで自動ドアのごとくガラリと玄関の戸が勝手に開いた。

これぞまさに天の助け！　というか、逆柱さんマジ感謝っ！

「サンキュー、空家っ！」

もはや意味不明の言葉を叫びながら、私は沓脱ぎ石を踏み台代わりに靴も履かずにストッキングのまま大きくジャンプをした。

まさにほうほうの体で家の敷居は跳び越えたものの、着地には見事に失敗。地面に着いた足首がグキッと内側に曲がり、私は地べたの上にずべしっと前のめりに突っ伏した。思いっきり鼻を擦り、手で鼻の頭を押さえながら「いたたっ」と首をもたげると、

ズドドドンッッ!!

っと、私の背後一メートルの距離から、雷でも落ちたんじゃないかと思うほどの轟音が鳴り響いた。

続いて背後から雪崩のごとくやってきた土煙が、倒れたままの私の視界を全て奪う。ゴホゴホと咳き込みつつも立ち上がり、砂の入った目をこすりこすり視界を確保してみれば——ぞーっと私の背筋が凍りついた。

私の背後にあったのはもはや家ではなく、ただの瓦礫の山だった。

もうあと一歩遅ければ、私はその中に生き埋めでしたよ。

音に驚いた周囲の住人たちが慌てて玄関から飛び出してくる。そして誰もが一様にポカンと口を開け、ほんの数分前まで家があった場所に積み重なっている木材でできた瓦礫の山を前にして言葉を失っていた。

——本当は、もうずっと前にこうなっていて当然の家だったのでしょう。

とうに寿命を迎えていたものの、それでも可奈子さんの想いを汲んで、限界を超えても建ち続けていた空家。よく見れば瓦礫の木材は、全てが全て大黒柱があった家の中心に向かって倒れている。そのおかげもあり奇跡的に周辺住宅への被害はなさそうだった。周りにいっさいの迷惑をかけず崩れたのは、きっと一〇〇年を超えてこの場所に建ち続けてきたこの家の、最後の矜持だと思う。

「ほんと、あなたもお疲れ様だったね」

徐々に事態を把握し始めた地域住民の方々が騒ぎ始める中、私は土饅頭のように木材が盛られた空家の成れの果てに、そっと手を合わせた。

11

後日のこと。

「それで、今回の案件の報告書はいつあがるのだ」

「はいはい、もうすぐあがりますよ」

火車先輩がネチネチとうるさいので、昭和の蕎麦屋さんみたいなことを言ってみる。

ちなみに本当のことを申せば、まだ半分以上白紙です。

というのも、今回の案件の報告書はちょっと厄介なのですよ。

想定外だったとはいえ、まずは家屋倒壊という事故が発生してしまったこと。幸いにして人的被害も物的被害もありませんが、ヒヤリハットどころかハインリッヒの法則でてっぺんとらなかったのがもはや不思議なぐらいです。既に行政代執行による劣化診断調査を始めていたこともあって、その辺はとかく細かな説明が求められます。

加えて今回の目的は『空家バンクの登録写真を心霊写真にする地縛霊に、空家から立ち退いてもらうこと』だったわけですが、実際に幽冥界にご移転された可奈子さんは問題の怪異とは関係なく、犯人は逆柱だったわけですけれども、それでも可奈子さんの未練を晴らしたことは案件とも無関係じゃなくて——と、この複雑怪奇さですよ。

昼寝でもしている間に、どっかの妖精さんが報告書を完成させてくれないですかね。

とまあ午睡の寝言みたいな戯言はさておいて。

完全に行き詰まった私は辻神課長に相談し、もう一度現場に行って写真を撮らせていただくことにしました。

最初に現地に行ったときはよもや空家が倒壊するとは思っていなかったので、現場の写真とかほとんど撮っていなかったのです。

ちなみに空家バンクに登録されていた写真はもうありません。それというのもあの古民家が倒壊した翌日には、写真はもうサイトから綺麗に削除されていたからです。

今回は空家バンクへの登録申請に不備がなかったため、怪異を原因に一方的に写真を削除することに抵抗があって発生した案件でもあります。

でもそれが一転、家屋倒壊となればこれはもう明らかに所有者の管理責任がありますし、さらには行政にだって監督責任が生じます。当然ながら余計な騒ぎを避けるために、そしてなによりもう物件そのものがないため、逆柱の手が写ったあの古民家の写真は、地元でニュース報道される前に急いで削除されたわけです。

なお所有者だった可奈子さんのお孫さんは、行政から呼び出されて厳重に注意を受けたようです。逆柱が必死にあの空家を支えていたことで、問題に気がつきにくかったでしょうから不憫な点はありますが、それでも事態の大きさに対して厳重注意だけで済んでいることを考えると、おそらくいろんな事情を加味した行政からの温情でしょう。お孫さんもそれを重々理解しているようで『倒壊した家の瓦礫の処分は所有者の自費で迅速に行うこと』という行政指導には異論なく従ったらしく、それで双方手打ちという認識だと思います。

——とまぁそんなこんなで、火車先輩とともに三度おもむいた現地ではあるものの、あらためて空家の倒壊跡地に来てみれば古民家があった場所には黒と黄の虎ロープで規制線が張られていて、まさに瓦礫の撤去作業のまっただ中だった。

敷地内に乗り入れた小型ショベルがアームで大量の廃木材をつかんでは、路地に駐車しているクレーン車のコンテナに次々と投げ込んでいく。作業はだいぶ進んでいるようで、倒壊直後の瓦礫の山から既に半分ぐらいが撤去されていた。

念のため報告書用に、この様子も一枚パシャリ。

「根岸さん。こりゃ思っていたよりも埋まっていた材木の量が多い。このままだと廃材処理費が見積り通りにならないかもしれません」

スマホのファインダー越しに作業現場を見ていたら、立ち居振る舞いからして現場監督であろう初老の男性が、沈んだ顔をしたスーツ姿の中年男性へと近づき話しかけた。

根岸――という名字を耳にしてハッとする。それは可奈子さんと同じ名字だ。

「……仕方がありませんよ。元はといえば詳細な家屋調査をしないまま売却しようとした、私の管理責任です。それよりも雨が降って作業延期となるほうが周りのお宅のご迷惑になるので、多少金額は上がっても処理を続けてください」

力なく「ははっ……」と笑ったその男性は、やはり可奈子さんのお孫さんのようだ。

そんな会話がされている間も、作業員が操るパワーショベルは廃材を無造作に握り潰してはコンテナに載せる作業を続けていて――、

「すみません！　ちょっと待ってくださいっ!!」

新しい廃材をアームがつかもうとしていたところ、肩を落としていたお孫さんがいきなり大声を張り上げた。

監督さんがとっさに手を上げると、それに気がついた作業員がパワーショベルを停止

させる。

するとお孫さんは、崩れかけた瓦礫の山の上に革靴のまま小走りで駆けていき、

「あの……この柱だけは、丁寧に抜いてもらえませんか？」

瓦礫の中から折れた頭を突き出していた木材に、そっと手を添えた。

路地の片隅から遠目で見ていた私の目が、思わず丸くなる。

その木材は、この場所にあった家を逆さまのままで一〇〇年以上にわたって支え続けた、あの大黒柱の残骸だった。

「今日は処分場の木屑の受け入れが一五時までだって、さきほど説明しましたよね？」

監督さんがさも面倒臭そうに片眉を吊り上げる。

「ええ、わかっています。ですがこの家の大黒柱だったこれを目にした途端、急にいろいろと思い出してしまって」

「何を、ですか？」

「この家にずっと住んでいた、私の祖母のことです。私がね、親に連れられてここにあった家を初めて訪ねたとき、そのあまりの古さにお化け屋敷みたいだと怖くなって泣いたんですよ。でもね。今になって思い返せば、あのときの祖母の心中は実際に涙をこぼしていた私より泣いていたような気がします。後になって父親から聞いたんですが、あの日の祖母は私がこの家に来るのを楽しみにしていたそうなんです。自分が小さいとき

には曽祖父から背を測ってもらい、私の父親を産んでからは息子の成長を実感するために身長を測り、そうやって刻んだ大黒柱の傷の横に孫である私の分の傷もつけることができると——そう電話で父親に楽しそうに語っていたらしいんですよ。

祖母は生前、決してこの家を出ようとはしなかったと聞いています。ですからね、この家で私が来るのをずっと待っていた祖母へのお詫びじゃないですが、今の私の家の庭にこの丸太を利用したテーブルを置こうかな、と思いまして」

お孫さんの話を聞き終えた監督が頭に巻いていたタオルを解くと、髪の毛がぺたりと張りついた白髪頭を困ったようにボリボリと掻いた。

「おい、駐車場に停めたワゴン車の中にサンダーがあったろ。コードリールといっしょに持ってこい。根岸さんが持って帰れるように、この柱の表に出ている部分を切るぞ」

「へい」

パワーショベルを降りた作業員が駆けていく横で、根岸さんが親方に何度も頭を下げる。

——そんなやりとりを目にして、湿った吐息が「……あぁ」という呻きとともに自然と私の口から漏れ出た。

シロアリにやられてほとんどスカスカだったあの大黒柱だが、それでもお茶のカップを置くテーブルになれるぐらいの中身は残っているはずだ。

たまにでいいと思う。晴れた空の下でふと昔を懐かしんだときにでも、あのお孫さんが元大黒柱だった庭のテーブルを使って家族とお茶を楽しんでくれれば、それだけで可奈子さんも逆柱もきっと満足だろう。

「新築を建て続けることにより、現在の建設業界が既存の雇用を維持していることは理解ができる。それはそれで大事なことだが、しかし日本の世帯数の減少が始まっている今、反比例するように空家の数が増加していることもしっかり認識しておかねばならん。かつて自分たちが自分たちのために建てた空家とこれからどう共生していくのか、いよいよ国民全体でその方法を考えねばならんときが来ているのだろうな」

と、リュックの中でなにやら小難しいことをのたまう火車先輩を無視し、私は再びスマホを構えると望遠機能を使って写真を一枚撮った。

人口減少と空家問題――これから厄介な時代を迎えようとしているのは確かだが、それでもまずはできることから一歩ずつ。

つい先日までこの家を必死に支えていた大黒柱が丁寧に切られて、可奈子さんのお孫さんの手で持ちかえろうとされている様を写真に収めた私は、これなら頑張っていい報告書が書けそうだと心の中でうなずいた。

二章

一口だけでいいですから

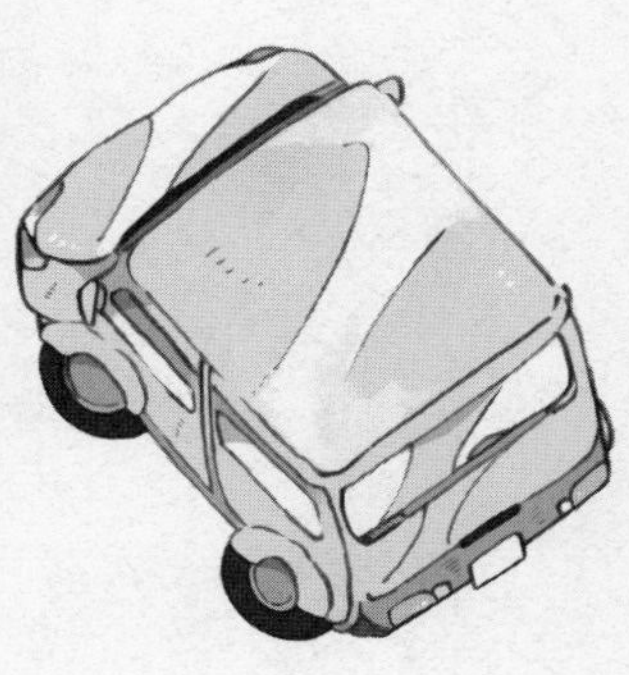

1

八時間にも及ぶ永劫にも等しい勤務時間における、唯一のオアシス――昼休み。

早々と昼食を終えた私は気分転換に散歩でもと外に出てみるも、空はどんよりどよよしている上に雲の流れも速く、そういえば台風が近いと朝のニュースで言っていたことを思い出す。

今にも降ってきそうだったため、気晴らしの散策を早々に諦めてオフィスに戻ると、百々目鬼さんが腕を枕代わりにしながら自分の机の上で突っ伏していた。

火車先輩じゃあるまいし昼休みに寝てるとか珍しいなぁと思いつつ、心配になって声をかけてみる。

「あの……だいじょうぶですか？」

むくりと持ち上がった顔は、おでこがちょっと赤いも他はまっ白で生気がまるでない。

「うん、ちょっとね。私、台風が近づいてくるとダメなのよ」

「……あぁ、ひょっとして気象病ってやつですか？」

気象病とは台風が近づいてきたりで気圧が下がったりすると、具合が悪くなるというあれです。なんでも気圧の変化によって自律神経のバランスが崩れるのが原因だとか、特に女性に多いとのこと。

ちなみに私の場合、台風が近づいてきてもまったく体調に変化はない。そのせいもあってか、テレビを見ていて画面端に台風接近中なんて文字が表示されると「来やがったな、このやろう」的な臨戦態勢となり、ちょっとだけ血が騒いだりすらします。

両肘をついて組んだ手の甲に百々目鬼さんが額を乗せ、「……はぁ」と大きなため息を吐く。訊くまでもなく、頭もかなり痛そうな様子だった。

「薬とか欲しければ、買ってきましょうか？」

そもそも妖怪に市販薬なんて効くんだろうかと思いつつも、どうにも辛そうな百々目鬼さんの様子におたおたしていたら、私の対面の席で丸くなっていた火車先輩がむくりと顔を上げた。

「ほっとけ、ほっとけ。今の百々目鬼にかまわんでいい、見て見ぬ振りをしておけ」

ふわぁ、と大きな欠伸をかましつつ、火車先輩がなかなかにひどい台詞をのたまう。

そのあんまりな言い草にカチンときてしまう。

「同僚の具合がこんなに悪そうなのに、その言い方は人としてどうなんですか？」

「あぁ……おまえは知らんだろうから先に断っておくがな、百々目鬼は別に気象病でぐったりしているのではないぞ。というか、そもそも具合が悪いというわけですらない」

「へっ？」

私が間抜けな声を上げると、隣に座っていた百々目鬼さんが私の肩にポンと手を置き、力なく微笑んだ。

「夕霞ちゃん、心配してくれてありがとう。でもだいじょうぶだから、火車ちゃんと喧嘩しないで。ちょっとだけ気分が悪い――というか正確に表現すると、ただ胸くそが悪くてたまらないだけだから」

胸くそ悪い――なんて、普段の百々目鬼さんらしからぬ乱暴な言葉遣いがぽろりと出てきて、思わず面食らってしまう。

「というかね――台風よ。台風が来るのよ。これから台風がやって来るっていうのに、どうして夕霞ちゃんも火車ちゃんもそんなに落ち着いているわけ？　むしろ私にはそれが信じられないわ。二人ともどうかしているわよ！」

「いや……でも、台風が来るのはどうにもならないじゃないですか。やって来るものは仕方がないわけで、だったら落ち着いて準備をするぐらいしか」

「はぁっ？　落ち着いて準備するとか、あんな気持ち悪いの相手に無理に決まっているじゃない！　だって台風って、目が一つきりなのよっ!!」

「そこぉっ!?」

百々目鬼さんの理解不能な主張に、つい裏返った声を上げてしまった。

「あぁ、もう台風が近づいてきているって聞いただけで寒気がするわ。あんなに図体がでかいのに目が一箇しかないとか、全然理解できないし、気持ち悪いったらありゃしない。……あぁ、もうダメ。台風の話なんかしたから、想像して腕の目に黄疸が出てきそう。悪いけど、ちょっと休んでくるわね」

手でこめかみを揉みながらすっくと立ち上がると、百々目鬼さんは「くわばら、くわばら」とつぶやきながら、ふらふらした足取りでオフィスから出ていった。

というか、妖怪が自分から「くわばら、くわばら」とか口にしていいんですかい。

「ちなみに三重の桑名の辺りには一目連というのがおってな、こいつが社から出ると辺りには大雨とともに暴風が吹き荒れる——つまり台風になると言われておるのだ。さらには名前からもわかるように一目連は目が一つきりの龍神という伝承もあって、まあ台風もまたかつては妖怪の一部だったということだ」

目が一つきりのやたらでっかい妖怪がやってくるのを気持ち悪がる、腕に無数の目が浮かび上がる妖怪様。私からすればどっちもどっちなので、目繋がりで仲良くすればいいのにと思うのですが。

それにしても先日、火車先輩から教えてもらった『百目鬼通り』の件といい、元からミステリアスな面の強かった百々目鬼さんではありますが、今回の件で唯一の同僚女子のことが私はよりいっそうわからなくなりましたよ。

「とりあえず『人としてどうなんですか』なんて言って、すみませんでした」

「構わんさ、どうせ元から人じゃない」

と、火車先輩がニタリと笑う。

「いや、そりゃそうでしょうけど」

――まあ許してくれているんだからいいのか、と私は鼻の頭をコリコリと掻いた。

とにかく自席に座った私は、台風のニュースを検索してみる。台風の速度や大きさ次第では、帰宅困難にならないよう早めに仕事を上がることも考えなければならない。

ニュースサイトを開いて現在の天気図を確認してみると、台風は今朝方よりもだいぶ関東圏に近づいていて、火車先輩が言っていたまさに一目連さんがいる紀伊半島が暴風圏に入っていました。

ちなみに今回の台風ですが、本土に迫ったこの状況でもかなり気圧が低めでして、メディアは「数十年に一度の大型台風」「命を守る最大限の注意を」と繰り返し報道しています。

「……なんだか最近増えましたね、数十年に一度の災害が」

「気候変動が進んだことによって、それだけ想定外の災害も増えているということだ」

デスクパーテーションの脇を抜けて私の机の上に移動していた火車先輩が、一緒にノートPCの画面を覗き込みながら苦笑する。

何をおいても、まずは人命第一。注意喚起することは決して悪いことではないと理解してはいるのですが、それでも狼少年という単語が脳裏をちらついてしまう。油断大敵と肝には銘じているものの、本当にいざというときに甘くみる方たちが多数出てきてしまうんじゃないかと、余計なことがちょっと心配です。

「まあ一目連も厄介な妖怪だが、昔から一番怖ろしい妖怪というのは『ふるやのもり』と決まっていてな」

「ふるやの……なんですか、その妙な名前の妖怪は？」

「ふるやのもり――すなわち、古屋の漏。つまりはオンボロ屋の雨漏りのことだ」

「あぁ……そりゃ確かにおっかないですわ」

築半世紀は確実だろう、廃ビル寸前の新橋庁舎。とりあえずは給湯室にあるコップの数で、台風からの雨漏りを受けきれるといいのですが。

2

お金さえ絡まなければ幽冥推進課きっての良心たる百々目鬼さんを、完全におかしくしてしまった一目連――もとい大型台風ですが、和歌山に上陸するなり速度が急激に緩まった結果、紀伊半島に記録的な大雨を降らせました。

その後は当初の予想を大きく外れてぐいと北に進路を変更すると、まっすぐ北陸方面から日本海に抜けて熱帯低気圧となり、そのまま消滅しました。

同時に百々目鬼さんの具合というか機嫌もみるみるよくなって、なんなら翌朝には普段よりも上機嫌だったほどです。

心配していた最恐の妖怪らしい「ふるやのもり」も、そもそも関東圏はほとんど雨が降らなかったのでちっとも怖くならず、これで文字通りに晴れていつもの通りですよ。

——と、思ったものの。

幽冥推進課における台風の影響は、消滅したその翌日に訪れた。

「紀伊半島に上陸した先日の台風のせいで、奈良と和歌山で複数の土砂崩れが発生しているのはご承知ですよね？」

一緒に呼び出された火車先輩ともども辻神課長の個室に行けば、迎えてくれたのはいつものニコニコ顔だった。しかし表情は穏やかなのに、笑みで細まった目つきがどことなくいつもより険しいような、そんな気がする。

「はい。ニュースで報道していますので、もちろん知っていますよ。崖崩れが起きたうちの何ヶ所かは国道の真上だったとかで、さらには送電線も切れて一部地域で停電が続いていたりと、かなり大変な状況みたいですよね」

私が子どもぐらいのころは台風が来たって、そうそう水害や土砂災害にまで発展した憶えはないのに、ここ最近は信じられないような大水害が毎年のように全国のどこかで発生しているような気がする。

実際それだけ被害が大きく悲惨な自然災害が続いているのでしょうが、同時に以前なら耐えられた治水施設が、現在進行している気候変動に負け始めている——先日の火車先輩の話ではないものの、そんな推測も脳裏をよぎる。

「とりあえず事前からの再三の注意喚起の甲斐もありまして、幸いなことに今回の台風での犠牲者、行方不明者は一人もいません。ですが土砂崩れによって生活道路が埋まった上に架線も切れた箇所が複数あり、今も送電が停止している地区があります。九月のこの時期、エアコンも冷蔵庫も使用できない停電は特に高齢者にとっては命にかかわる問題にも発展しかねません。ゆえに雨が止んだ昨日から、現場で土砂撤去の復旧作業が急ピッチで進められています」

当然ながら、それも昨夜の報道で既に知っている情報だ。

不眠不休で作業している現地の様子を自分の部屋のテレビで画面越しに見て、それを取り仕切る近畿地方整備局内はてんてこ舞いなんだろうなと想像し、思わず西のほうに向かって合掌してしまった。

それで——ここからが、いよいよ本題です。

「朝霧さんと火車を呼んだのは、その土砂崩れの復旧現場の一つにおいて非常に困った事態が発生したからでして」

……というか、土砂が崩れて道が埋まった時点で既にこれ以上ないぐらいに困った事態なのでは、とも思うのだが。

「実はですね、問題の現場に意気込んで集まった作業員がいざ撤去作業を始めようと道を塞いだ土砂に近づいた瞬間、一〇人からいたその場の全員がバタバタといきなり昏倒(こんとう)してしまったんです」

さすがにこれは予想外過ぎて、思わず「いっ!?」と意味不明な呻(うめ)きを上げてしまう。

「言うまでもなく、撤去作業なんてそのまま中断。幸いだったのは当日遅刻してきた方が一人いましてね、道路の上で折り重なるように倒れている同僚たちを発見し、慌てて救急車を呼んでくれたそうです」

「全員同時に倒れるとか、ひょっとして集団食中毒か何かですか？」

「いえ、そのまま病院に運ばれたおかげで昏倒した理由ははっきりしているのですが、原因は食中毒の真逆です。端的に言えば、倒れた作業員方は全員とも空腹で動けなくなっていたのです」

またしても予想の斜め上から降ってきた答えに、今度は間抜けな声で「はいっ？」と訊き返していた。

「運ばれてきた作業員方に、病院の医師が下した診断は低血糖症。つまり急激に血糖値が下がったことで手足が脱力して倒れてしまい、そのまま意識も朦朧となっていたようなんです。その状態で長時間放置されていたら危なかったらしいのですが、すぐに処置をしてもらったので何も問題ありません。むしろ作業員の方々は昼食で出されたおにぎりを一口頬張っただけで、全員が全員ともケロリと復調して元気になったそうです」

みんなそろって空腹で倒れて救急車とか、身体仕事なんだから朝ごはんぐらいしっかり食べてきてくださいよと思ったものの、どうやらそういう問題ではないらしい。

「具合が良くなってみれば『さっきの猛烈な空腹はいったいなんだったのか？』と、作業員方も疑問には感じるものの、しかし作業が遅れれば遅れるだけ復旧も遅れてしまう。なので病院を出るなり全員でたらふくメシを食べ、さあ仕切り直しだとその日のうちに再び作業現場にまで戻ったところ、先頭を歩いて一番最初に土砂に近づいた現場監督が再び空腹でバタンと倒れてしまったのです」

まるで理解の追いつかない超展開にちょっと引いてしまう私ですが、

「おい、辻神よ。それはよもや、ヒダル神か？」

辻神課長のデスクの対面に座った私の隣、打ち合わせテーブルの上で丸まっていた火車先輩がむくりと顔を上げ、三白眼を吊り上げた。

「ええ、私もヒダル神とみてまず間違いないと思っています。対処要請が入ってきた現場の場所も、奈良県の南部ですしね」

「奈良県南部ということは吉野山の付近か。まさにヒダル神の本場だな」

苦々しく独りごちた火車先輩に、神妙な面持ちで辻神課長がうなずく。

「ちょ、ちょっと待ってください！　なんですかそのヒダル神ってのは？　二人だけでわかった感を出していないで、私にもちゃんと説明してくださいよっ！」

話が見えずに疎外感を覚えた私が、ギャーッと二人の間に割って入る。

すると火車先輩がなんだか面倒臭そうに目を眇めて、

「わかった、わかった。ヒダル神というのはだな、まあそのなんだ……餓鬼憑きのことだ」

どうやら本気で面倒臭くなったようで、なんとも投げやりに答えられました。

「……いや、ですからその餓鬼憑きってのが、既に私にはわかりませんから」

途方に暮れかける私をフォローしてくれたのは頼りになる上司、辻神課長だった。

「とある旅人が、険しい峠を越えようと朝から山道を登っていたら、突然に激しい空腹を感じました。目眩がしてその場で膝をついてしまったが最後、全身から力が抜けてしまい、さっきまでは元気に歩けていたはずなのにいきなり一歩も前に進めなくなってその場で行き倒れてしまう——これがヒダル神に憑かれてしまった人の症状です。

これと極めて似た怪異の伝承が全国各地にありまして、あまりにあちこちに伝わっているのでその名称も多岐にわたるんですよ。中でも特に有名なのがヒダル神や餓鬼憑きの名です。つまり両者は同じ怪異を指していまして、どちらも『空腹で人を動けなくしてしまう妖怪』のことなんです」

　さすがは辻神課長、どこぞのヤブ睨み先輩なんぞとは大違いです。やっぱりイケメンは性格もイケメンという、私の自説は間違っていませんでした。

　しかし、それはそれとして。

「なるほど、空腹で人を動けなくさせる妖怪ですか。そりゃまた厄介ですが――」

うちは幽冥推進課です。国土を不当に占拠する地縛霊様に、あの世にまで立ち退いていただくのが職掌です。いくら同僚のみなさんが妖怪とはいえ、妖怪絡みの案件をなんでもかんでもこなすのはちと筋が違います。

　地縛霊ではなく妖怪が犯人とわかっている案件であれば、それこそなんとかポストに手紙を出して解決をしてもらうべきでは――なんて無責任なことを考えていたら。

「それで人を空腹で昏倒させるヒダル神ですがね、その正体は山中で行き倒れて餓死した人間の魂で、無念の思いから近くを通りかかった人間に取り憑いては同じように行き倒れさせる――そんな伝承が、ほうぼうにあるんですよ」

「へっ？　いやいや、山中で餓死した人の魂って、それってひょっとして――」

「そうだ。ヒダル神とは半ば妖怪化してしまった、飢えへの未練を抱き亡くなった地縛霊のことなのだ」

思わず天井を見上げて「おおぅ」と呻いてしまう。なんてことはない、むしろ幽冥推進課にドストライクな案件だった。

「……話はわかりました。つまりヒダル神、もとい山中で餓死された地縛霊様が災害現場に居座って土砂撤去の工事の邪魔をしているようなので、ちゃんと説得してあの世にまで立ち退いてもらってこいと、そういう案件なわけですね？」

「朝霧さんはご理解が早いので、毎度ながら私は本当に大助かりです」

途端に辻神課長の顔にめっぽうさわやかな笑みが宿る。

なんと申しますか、いつもながらその笑顔は卑怯です。腹の中はどうか知りませんが、そう素敵に微笑まれたら反論なんていっさいできやしませんて。

「今回の件、土砂崩れによって今なお一部の地域の方々のライフラインに著しい影響が出ています。長引けば被災範囲の住人方に、どのような影響が出るかわかりません。普段以上の迅速な対処をお願いいたします」

3

例によって例のごとく、翌朝九時の出勤と同時に出張——と思っていたところ。

「おい、夕霞。明日の朝は始発で新橋庁舎に集合するぞ」

最初何を言われたのかわからず、私は三秒ほど動きを止めてから「ええぇぇっっ!?」と、脳天から仰天の声を噴出させた。

「いやいやいやいやいやっ！　始発とか人間の起きる時間じゃないですからね！」

手刀の形にした手を「むりむりむりむりむりむりむり」と残像ができそうな勢いで左右に振りつつ、無体なことを言い出した火車先輩に向けてブンブンと首を振り続ける。

「やかましい、甘ったれたことを抜かすな！　現地で被災した一部の方は、今も停電中で風呂すら沸かせない状態なのだ。本来なら今すぐ出発して道中で宿泊し、少しでも現地入りの時間を早めるべきところを、運転するおまえの体調を考慮して明日の早朝にしているのだぞ。始発程度のことでガタガタ言うなっ！」

火車先輩の剣幕に押され「うぐっ」と口ごもる。というか、さすがに現地で大変な思いをされている方のことを言われたら、私だってぐうの音も出ない。

やむなくその日は早めに会社を出て帰宅すると、帰りがけに買ってきたストロングな発泡酒を呷ってから、始発の三〇分前に鳴るようにスマホの目覚ましをセットして布団に入る。

翌朝にアラームが鳴ると即座に両手でぺしりと自分の頰を叩き、私がぐーすか寝ている間にも不安な想いで夜を明かした人がいるんだぞ、と自分に言い聞かせて気合いで布団から跳ね起きた。

ちなみに気合いが入りすぎてばっちり早起きしたため、始発なのに普段の出勤時よりも出発までに時間の余裕があったのはここだけの話ということで。

とにもかくにもまだ朝焼けの空が眩（まぶ）しい中、私は驚くほど人のいない新橋の飲み屋街を抜けて新橋庁舎へと入ると、オフィスの机の上で待ち構えていた火車先輩と合流しさっそく公用車に乗り込んだ。

発車前に辻神課長から聞いていた現地の住所をナビに入力し、現地までの距離を確認すると——途端にくらくら目眩がしてしまう。

目的地である奈良県南部までの距離は約五五〇キロメートル。所要時間は休憩なしで一〇時間。……これ先月に電車で行った気仙沼（けせんぬま）より遠いんですけど。

「今回の現地は山中ということもあって、とにかく交通の便が悪いのだ。特に現地付近の村にはそもそも電車が走っておらん。最寄りの市まで電車で行ったとしても、そこまでですら片道六時間。そこからレンタカーを借りても、現地までは二時間以上かかるのだ。乗り継ぎやレンタル手配などのもろもろを考えたら、最初から公用車で行ってもほとんど時間は変わらん」

「……六時間分が電車移動ですむのなら、私の運転の疲労は全然変わるんですけど」

「まあ、おまえが現地に着いてからレンタカーでもいいというのなら、別に今から電車に変えてやってもかまわんさ。だがな、土砂崩れの現場までは相当に山深い峠道だぞ。当然ながら車両がギリギリすれ違えるか、違えないかの道を延々と進むことになる。そんな悪路を、車幅の感覚もよくわかっていないレンタカーで走るわけだが、本当の本当にそれでいいのだな？」

狭い道が苦手な私は、火車先輩の意地悪な脅しに「うっ」と声を詰まらせ怯(ひる)んでしまう。

もはや愛用車と言っても過言ではない私のかわいい公用車ちゃんと、初めての運転でガチガチに緊張すること請け合いなレンタカーさん。どっちが乗りやすいかなんて考えるまでもない。

「……わかりましたよ、もう公用車でいいですよ」

これまで最長でも片道二〇〇キロぐらいしか運転したことがない私にとって、五〇〇キロ超えの運転はダブルスコア更新となる。

——ちなみに今回あまりにも長距離なので、毎度の道順説明は『かくかくしかじか』ということで。

とにかく三蔵法師もかくやとばかりに私は西へ西へと突き進み、ついでに交通法規の鬼たる火車先輩には一時間半ごとに一五分の休憩を強要され、やっとこ辿(たど)り着きましたよ日本の歴史の故郷たる奈良県。

日の出からそんなに時間を経ずに新橋を出発したはずなのに、奈良県に入って高速道路を降りた段階で、早くもお天道様がてっぺんを越えてます。しかしナビで見た目的地までの距離はこの段階でおおよそ八割を消化済み。ここまで来たならもう一息だと、そんな風に思った私がだだ甘でした。

むしろ高速降りてからが、本番でした。

「だから、無理だってぇっ!!」

仏頂面で両耳の中に前足を突っ込む火車先輩の横、私はハンドルを握りながら対向車が来るたびに車内で叫び続ける。

高速道路を降りて一時間足らずで市街地を抜けたら、その先はもうずっとほっそい峠道でした。

片側は切り立った岩壁で、もう片側は切り立った崖。こんなの対向車が来たらどうやってすれ違うんだろ、と青ざめる狭さなのに、ヘアピンカーブやS字コーナーのブラインドからそれなりの速度の車が次々と姿を見せては、すれすれの距離でもってどんどこすれ違っていく。

さらには後続車もひっきりなしにやってくるため、道幅に余裕があるところでは公用車を端に寄せて追い越ししてもらうものの、またすぐに次の後続車が来ては私を先頭に数珠のように車が連なっていく。別に煽られているわけではないのですが、そのプレッシャーたるやもうずっと脂汗が止まらない。

ナビで確認する限り、こんな感じの道がまだまだ一〇〇キロ近くも続くわけです。

実のところ、出発前は電車代とレンタカー代をケチって公用車にさせようとしているんじゃないかと火車先輩の口車を疑っていましたが、今となっては本当に親切心で公用車を選ばせてくれたのだと痛感しています。

――アイ・ラブ・対面二車線道路。

余裕をもってすれ違えるまっすぐな道路が、私はとても大好きです！

ちなみに「次にコンビニがあったら寄ってくれ」とかやたら人間臭くてお気楽なことを峠道に入る直前に火車先輩が言っていましたが、こんな崖っぷちの道路沿いに店なんぞあるわけがない。仮に崖のど真ん中にコンビニのネオンが見えたとしたら、それはきっと近づいたら灯りが消えてしまう、キツネかタヌキが化けたお店に違いないでしょうよ。

そんなこんなで、対向車が来るたびにピギャーっと泣き喚き続けること二時間以上。峠道に入った最初こそ「やかましい！」「落ち着け！」と、勢いよく怒鳴り返していた火車先輩も、やがてうな垂れたままぐったり動かなくなった頃に、ようやく目的地付近へと到着した。

念のためナビで位置を確認しても、ここで間違いない。目の前で二股に分岐する道の片側に『このさき「土砂崩れ」のため立ち入り禁止』と書かれた立て看板があり、規制のための三角コーンも置かれていた。

後続車の邪魔にならないよう、私はいったん外に出て看板をずらしてから、三角コーンの内側の道路に公用車を停める。

とりあえずここまで延々と運転してきたことで、私はなんとなく理解をしていた。

今回の案件の現地は、紀伊半島の中央よりやや南に位置する紀伊山地のど真ん中。この辺りはかつて山伏が修行の場にしていたというぐらいで、日本屈指の険しい山地が広大な範囲にわたって広がっている。そのためか電車は通っておらず、高速道路も延びてなく、慣れない私がさっきまで四苦八苦しながら走っていた峠道こそ、地域の生活道路でありメインストリートなのだ。とにかく山が険しいため、他に車が通れるような道は、山をいくつも越えた先にしかない。

そんな大事な道路の一部が、流れてきた土砂でもって埋もれてしまっている。あまりに当たり前のことながら、日常生活に支障が出ているはずだ。さらには車でなければ移動の難しい場所なのに、いまだ停電が継続している地区もある。

辻神課長の表情がいつもよりきつめだったことも、今となってはうなずける。

局所的な自然災害であっても、その周りに住む人たちの日常生活というのはときに容易く崩壊してしまう。人の作った生活基盤は最適化を図られているがために、極めてギリギリのバランスで成立しているのだと、私はあらためて実感していた。

「ほれ、いつまでもぼぅっとしとらんで早くせい」

車を停めたところで少し考え事をしてしまっていた私は火車先輩の声で我に返り、慌ててサイドブレーキを引いた。それから火車先輩を助手席に括(くく)りつけていたシートベルトを外すと、一緒に車から降りる。

空を見上げてみればお日様は早くも傾いていて、西に連なった山の稜線(りょうせん)とまもなく接触しようとしている。街灯なんてありはしない山の中だ、急がないとすぐに真っ暗になってしまうことだろう。

「土砂崩れを起こした現場はもう少し上った先のはずだ、さあ行くぞ」

4

えっちらおっちらひいこらと、今回は本当に移動ばかりだとげんなりしながら舗装された道を徒歩で上っていく。

すると道のど真ん中に、小型の重機を荷台に載せたままのダンプカーが停まっていた。おそらく土砂撤去の作業をしようとしてヒダル神に昏倒させられた、辻神課長の話にあった作業員さんたちの車両でしょう。

通行止めなので道路の真ん中に停めていようが基本的には問題ないのですが、しかしここは道幅の狭い峠道。ダンプの横を通り抜けてその先に私が行くには、幅の広い車体と切り立った崖との細い隙間を通るしかない。

一歩足を引けばそこにはもう地面がない隙間を、私は「ひえぇぇ」という情けない声を上げつつ、ダンプの荷台の縁に手を添えてカニ歩きで進む。ちなみに火車先輩は、こんなときだけ自分の足で歩いてダンプの下を潜り抜けていくので、ほんとこすっからい。お臍の裏がヒュンとなる感覚に襲われつつも、どうにかこうにかダンプの横をすり抜けると、そこはもう土砂崩れの現場でした。

僅か二〇メートル先、コンクリートで補強された岩壁のさらに上から流れてきた大量の土砂により、舗装された地面が完全に埋まっていた。

盛り上がった土砂の一番てっぺんは、おそらく三階建ての家屋ぐらいの高さがあるだろう。岩壁側を長辺にした三角定規みたいな形に積み上がっていて、土砂の中には根っこを空に向けてひっくり返った木や、私一人じゃ抱えることもできない大きさの岩が幾つも埋まっている。

「……うわぁ」

なんというか自然の驚異を前に、自ずから感嘆の呻きが漏れてしまう。この峠道を車で通行しているさいこんな土石流に襲われたら、絶対にひとたまりもない。私だったら土砂に埋もれて「車幅を気にせず安心できる、相互二車線道路を最後に走りたかった」なんて未練を抱き、そのまま地縛霊になりかねない。

とまあそんな益体もないことを考えていたら、隣にいた火車先輩が電池でも切れたかのようにバタンと地面に突っ伏した。

「へっ？」

その動きがあまりに唐突だったので、面食らって間抜けな声を上げてしまう。

むしろ前触れもいっさいなかったため、ひょっとしたら火車先輩の悪ふざけじゃないかと思ってひょっこり顔を覗いてみれば、いつものヤブ睨みな目つきがトロンとしていて、おまけに伸びて動かない手足の肉球からは汗がにじんでいた。

——あっ、ダメだ。これ本当にヤバいやつだ。

と、私の顔が青くなりかけたところで、

「……案ずるな、ただのハンガーノックだ」

突っ伏した姿勢のまま、舌が垂れた口を火車先輩が気だるそうに動かした。

「ハンガーノック？」

心配しつつも聞き慣れない言葉に、私は鸚鵡返しで問い返してしまう。

「……そうだ。ハンガーノックとは、長時間の運動をした際に突然襲ってくる低血糖症のことだ。栄養補給をしないままサイクリングや山登りをするとなりやすいと言われておる。ハンガーノックになるとな、猛烈な脱力や冷や汗、それから頭痛などの症状が出て、まるでスイッチでも切られたかのようにいきなり身体が動かなくなるのだ――今のワシのようにな」

　寝転がったまま淡々と語っているものの、それって意外と危ない状態なんじゃないですかねと思いつつ、同時に妖怪たる火車先輩の身体に血糖値なんて概念があったことに驚愕（きょうがく）してしまう。

「あの……理屈はどうであれ、だいじょうぶなんですか？」

「あぁ、意識障害のないレベルでのハンガーノックだからな、とりあえずは大禍ない。とはいえヒダル神の影響範囲がこんなに広いとは、油断していたわ」

「はぁ」

　まあこれだけペラペラ喋（しゃべ）れるのなら、今すぐどうこうということは確かにないでしょう。なので、火車先輩が倒れていることはいったん置いておいて。

「……ひょっとしてここにいた作業員さんたちが倒れた原因も、そのハンガーノックというやつですか？」

「まず間違いなかろうな。行き交う人を空腹で倒れさせる伝承をもったヒダル神の正体とは、飢えて亡くなったがゆえに食への未練を抱き、近づいたものに空腹の極致たる低血糖を感応させてしまう地縛霊のことだからな」

地縛霊が感応させるのがハンガーノックだの低血糖だの、科学的なのか非科学的なのかわからずどうにも脳が混乱しそうな話です。

「っていうか、近づいたら空腹で前後不覚にさせられてしまうような地縛霊と、どうやって交渉しろというのですか」

「いや、倒れる理由が原因不明の怪異ではなくハンガーノックだと判明している以上、実のところヒダル神への対処というのはさほど難しくはない。発端はどうあれハンガーノックである以上、血糖値を上げてやりさえすれば身体は再び動き出すのだ。

実際に、ヒダル神に襲われた場合に備えて峠を越えるときには弁当の米を一口残しておけ、などという伝承もある。米は炭水化物であるため多分に糖質を含む。ゆえに食後すぐに血糖値を上げる効果があるため、ヒダル神対策として米を用意しておくのは極めて理にかなった対処方法なのだ」

「はぁ……というかそこまで前もってわかっていたのなら、お米ぐらい用意しておけばよかったじゃないですか」

「峠にさしかかる直前に、次にコンビニがあれば寄ってくれと、おまえに言ったな。あれはコンビニでもって、おまえにおにぎりを買わせるつもりだったのだ。まだ九月だからな、傷んだらいかんとギリギリで買おうと考えていたのだが——どうもワシは吉野のお山の険しさを甘くみていたらしい」

「なんていうか……バカなんですか？」

ちょっと呆れてしまう、どうにもこうにも間抜けなお話です。

「とにかく幸いだったのは、ワシとおまえが同時にハンガーノックにならんかっ――」

と、半開きのままで唐突に口の動きを止めた火車先輩が、ぐいと眉尻を吊り上げた。

「――ちょっと待て。ワシが倒れて、どうしておまえは平然と動けているのだ？　身体に何か異変は感じないのか？」

「えっ？　……いや、私は別になんとも。ハンガーノックとやらになったことがないのでよくわかりませんが、でも私の身体はいたって普通です」

「なんでだ？」

「そんなの私に訊かれたって知りませんよ」

責められるように訊かれるので仏頂面で返答したところ、火車先輩がしばし神妙な顔で思案してから、頭上に電球でも閃かせそうな勢いで目を大きく見開いた。

「おいっ！　今日の昼メシだが、確か持参した弁当箱に入った不思議な豆腐を車内で食っておったよな？」

「なんですか、藪から棒に。あれは不思議な豆腐なんぞではなく、特売のおかげで驚異のコスパを誇る私のオリジナル料理〝大豆丼〟です」

「名前なぞなんでもいい！　ちなみに今朝は何を食った？」

「もやしです」

「昨日の夜は何を食った？」

「大豆丼です」

「昨日の朝は？」

「ですから、私の朝はいつももやしと決まって――と、なんですかこの失礼な質問攻めはっ！　貧乏メシってのは、こんな風に辱められるような罪なんですかっ!?」

なんだか恥ずかしくなり、顔を赤くして抗議する私だが、

「それだぁっ!!」

へばっているくせに急にぴしゃりと放った火車先輩の声に面食らって、思わずきょとんとしてしまう。

「おまえの貧乏食生活には糖質がなさ過ぎるのだ！　ハンガーノックとは肝臓や筋肉に蓄えられたグリコーゲンが急激に枯渇し、いわば肉体がエンストを起こした状態だ。グリコーゲンは糖質によって作られるのだが、しかし長時間にわたって糖質を摂取しなかった場合には肉体は脂肪酸を利用し、ケトン体を生成してグリコーゲンの代替エネルギーとする。よってしばらく大豆食品しか口にしていないおまえの身体は既にケトン体で動いており、ヒダル神への接触によって枯渇するグリコーゲンが最初から体内に存在しないのだ。ゆえに低血糖症に陥って昏倒するということもない。

飢えて死ぬ間際に米に未練を抱いたヒダル神に対し、貧乏して飢えてようと大豆に活路を見いだし生き抜いているおまえは、ヒダル神の力が及ばん天敵なのだっ!!」

最後はくわっと目を見開き、まるで決め台詞のように叫ぶ。

……ひょっとして私は、盛大に火車先輩から喧嘩を売られているのではないでしょうか?

いや、もちろんそんなことはないとわかってはいるものの、ヒダル神の天敵とか嫌すぎる呼ばれ方をされると、女子としてのなけなしの自尊心が無性に傷つきます。

「……多分に納得はいきませんが、まあいいです。とにかく状況は理解しましたので、私はいったいどうしたらいいですか?」

おにぎりを買い損ねた間抜けな火車先輩がグロッキーとなっている以上、私としては一時撤退という線も考えるのですが。

「ここからコンビニまで行って戻ってくるだけで四時間というのは、あまりに時間が惜しい。ワシのことはこのまま放っておいて構わんから、とにかく一度会ってこい。おまえだったらヒダル神と面と向かっても普通に会話ができるはずだ」

火車先輩の指示にうなずき、私は積み上がった土砂の上へと目を向け直す。

この土砂の山を前にしたときから、その存在には気がついていた。

直角三角形の形に堆積している土砂のてっぺん辺りに、遠目でも粗末だとわかるボロボロの着物を纏って、体育座りの姿勢で夕暮れ間際の空を見上げている地縛霊の少年がいた。

5

掌に「米」と書いて舐める——なんて、ヒダル神対策のおまじないもあるそうで。かといって、本物の米がないからと肉球に「米」と書いては延々とベロベロと舐め続けている火車先輩の姿は、どう見ても毛繕いしている猫にしか見えません。ただのかわいいかよ。

まあそんな様子からしても、しばらくは放っておいても問題ないでしょう。なので火車先輩に言われたとおり、私は土砂の上にいる男の子の方へと足を向ける。

いつまた崩れてもおかしくない土砂の山を、石や木の枝などの足場になりそうな場所を探り探りで、四つん這いとなって登っていく。

なんとかかんとか滑落せずてっぺん付近にまで到着した私は、

「こんにちは」

歳の頃は一〇歳ぐらいだろう少年の地縛霊に声をかけた。

空をずっと見ていた少年はその声で間近に迫った私の存在にようやく気がついたらし

く、くるりと首をこちらに向けてから目を丸くした。

「……お姉ちゃん、平気なの？　僕の近くを通る人はみんなお腹が空いて倒れるのに、お姉ちゃんはどうして倒れないの？」

「さぁ、どうしてだろうね？」

火車先輩がぐだぐだ語った難しい理屈を言っても仕方がないので、そこは適当に誤魔化す。

驚きの表情を隠しもせず、少年が見開いた目で私の顔をまじまじ凝視する。

物珍しそうな少年の目線を感じ、彼を警戒させないよう微笑を崩さない私だが、でもその実、私の内心はおそらく彼以上に驚愕していた。

それというのも近づいてみてはっきりわかったのだが、少年の身体つきは一般的にイメージされるお寺の絵なんかに出てくる餓鬼と、まるっきり同じだったのだ。

穴の空いた着物の合わせ目から覗く少年の胸はくっきりと肋が浮かび上がり、その下のお腹はぽっこりと膨れているのがわかる。枯れ木のような細い足を、枯れ枝のような細い腕で抱え、どちらも風が吹けばそれだけで折れてしまいそうに見える。顔は頭蓋骨の形がまんまわかるまでにこけきっていて、目は眼窩との間に隙間ができるのではないかと思うほどに落ち窪んでいた。

地域によってはヒダル神ではなく餓鬼憑きと呼ぶらしいが、その理由がよくわかった。

「……ねぇ、君。こんな場所でいったい何をしているの？」

平静を装いつつ、私はスカートの裾を手で押さえて、痩せ細った少年の隣にしゃがみ込む。

——たぶんだけれども、このヒダル神の少年は数日前まではもっと山の上にいたのだろう。その理由として、まずその服装がとても現代を生きていた少年とは思えないことだ。着物姿であることから少なくとも昭和初期、あるいはもっとずっと前の人だろうと想像がつく。そしてそんな昔からこの道路にヒダル神がいたら、もっともっと前に問題になっていなければおかしい。それなのに土砂崩れ後に急に案件が降ってきたということは、台風の日の地滑りと一緒に彼もここまで流れてきたと考えるべきだ。

ヒダル神の正体は、飢えが死因である地縛霊だ。ではその哀れな霊を縛る地が、不動産的な意味合いとしての土地なのか、それとも臨終した地に堆積していた土と考えるべきなのか、その辺りの小難しそうな考察は辻神課長か火車先輩に譲るとして、今の私がなすべきは彼と対話をして少しでもその生い立ちを把握することだ。

だから会話の糸口となるべく質問をした私だが、返ってきた答えは意外な内容だった。

「僕はね、ここで我慢しているの」

「……我慢？」

意味がわからず鸚鵡返しで出てしまった問いに、少年が小さくうなずく。

「そう――もうひだるいなんて言わないって、お父さんと約束したの。だからね、ここでずっと我慢してお父さんが迎えに来てくれるのを待っているんだ」

――ひだるい？　わからないが、でも何か無性に不穏で不安に駆られるその語に、私の頬が僅かにひくついた。

「僕がひだるいって毎日泣いていたから、お父さんは僕をここに連れてきたの。僕が泣くと、みんな辛い気持ちになるんだって。だからもうひだるくても泣かずに我慢するって、僕はお父さんと約束したの」

　ヒダル神と化した地縛霊の少年の口から出る「ひだるい」という単語。そんな符牒（ふちょう）が彼の未練と無関係なはずはないのだが、私にはひだるいという言葉の意味が正確にはわからなかった。

「ねぇ。その話をもっと詳しく、私に聞かせてもらえないかな？」

　少年は不思議そうに小首を傾（かし）げる。

「……お父さんのする昔ばなしみたいな、おもしろい話じゃないよ」

「うん、いいよ。それでも聞きたいの。君のこと――教えて」

　私は優しくそう言うと少年はほんの少しはにかみ、膝の皿の形がくっきりわかる足を骨の浮き出た肋にいっそう寄せてから、静かに語り出した。

「最初はね、いつもの雨だと思っていたの。でもね、雨は全然やまなくって、夜になったら激しく風も吹いてきたの。家の壁がガタガタするのがおっかなくて、僕はお父さんにしがみつきながら寝たんだけど、朝になったら雨も風も弱くなっててね、村の大人たちみんなも『良かった、良かった』って言って喜んでたの。

　だけどお昼を過ぎた辺りから前の日なんか比べものにならないほどの雨が降ってきてね、そうしたら――ドンッ！　っていきなり山が鳴ったの。凄かったよ。山と山の間から茶色い鉄砲水がうねりながらやってくるのが見えて、家まではかろうじて水が来なくて助かったんだけど、でもうちの畑も田んぼもみんな泥で埋まっちゃった」

　あっけらかんとした口調で語られる衝撃的な話の展開に、私の顔から血の気が引いた。この少年の未練を聞き出すつもりが、私はいったい何の話を聞かされているのだろうか。

「うちには新しいお母さんが産んだ妹と弟がいるんだけど、鉄砲水を見てからは二人ともお母さんからまったく離れなくなって、お母さんもお乳が出ないって困りながらずっと怒ってた。お父さんとお兄ちゃんはね、食べられる手前にまでなっていた畑の芋だけでもなんとか掘り出せないかって、何日も何日も泥を掻いてたんだけど、でもやっぱり無理だった。

　そうしているうちに家の中に残っていたお米や稗や、それから干し大根もなくなったの。お湯を沸かす炭も燃やし尽くしちゃって、みんなどんどん顔が暗くなっていくからとても悲しかったんだ。悲しくなるとね、背中とくっつきそうなほどにお腹空いていることに耐えられなくなって、僕はいつも『ひだるい！　ひだるいよっ！』って泣いちゃってたの。ひだるいのはみんな一緒だったのに、弟ですら泥水だけすすって我慢していたのに、僕は我慢ができなくてわざと家族に聞こえるようにいつも泣いてた」

　私の手が自然と自分の口元を覆った。

――悲惨な話が出てくることは、ちょっと考えを巡らせれば想像できたことだ。

　だって彼はヒダル神なのだから。飢えて亡くなった地縛霊なのだから。人が餓死する話が凄惨でなかろうはずがない。

「それである日ね、僕はお父さんに『ついて来い』って言われて一緒にこの山に入ったの。そのときは山にタケノコとか山菜なんかをとりに来たんだと思った。だって最近はもう本当に食べるものがなくて、泥の中に埋まっていた草やら木の根を家族みんなでしゃぶってお腹が空いているのを誤魔化してたぐらいだったから。だから山で食べられるものを探して持って帰るんだって、そうしたらきっともうひだるくなくなるんだって、そう思って僕はお父さんの背中を追いながら頑張ってここまで登ってきたの。

　それでここに着いたらね――おまえはもう家には帰ってくるな、って言われた」

　瞬間、私の肺が硬直し、息を吸ったままの状態で呼吸が止まった。

「僕が『ひだるい』って泣くとね、みんながもっとひだるくなるんだって。僕の泣き喚く声がね、癇（かん）に障（さわ）るらしいの。だから家族のため『もう家には戻って来ないでくれ』って、お父さんにお願いされたの。でも僕はそんなの嫌だから『もうひだるくても泣かないって約束するから、だから僕をここに置いていかないで！』って必死に駄々を捏ねたんだ。そしたらね、これまで一度も泣いたことなんてなかったお父さんが、涙を零しながら僕にこう言ったんだよ。

『おまえがひだるくなくなったときには、いつでも家に帰ってきていい。でもそれが嫌だったら、家とは反対側に山を下りなさい』って。

——僕はさ、やっぱり家に帰りたいんだよ。お父さんのことは大好きだし、新しいお母さんだって本当は優しいのをわかっているんだ。妹と弟はかわいいし、お兄ちゃんだってときどき意地悪だけど、でも嫌いじゃないよ。だからこうしてね、お父さんと約束したように泣かずに、ひだるくなくなるときを待っているの。そうすれば家に帰っていいんだから、きっとそのときは、お父さんが僕を迎えに来てくれると思うんだ」

姥捨て山——私だってその名前は知っている。食い扶持の苦しい村の因習で、働けなくなった老人を山に捨ててくる昔話だ。

彼のお父さんが、彼を迎えになんて来るはずがない。来られるわけがない。

だってこの子の置かれた境遇は姥捨て山の子ども版、つまり口減らしだからだ。

「お姉ちゃんさ。僕と話しても倒れないってことは、ひょっとしてお腹が空かない人だったりするの？　もしそうなら、お腹の空かなくなるコツを僕に教えてくれないかな。

そうしたら僕もひだるくなくなって、きっとお父さんが迎えに来てくれると思うの」

彼のこの質問に、口を押さえた手の隙間から「あぁ」と湿った吐息が漏れてしまった。

――君はもうお腹なんか空かないんだよ。

――ずっと前からね、もうひだるくなんてなくなっているんだよ。

本当は、そう伝えてあげるべきなのかもしれない――だけれども。

「お腹の空かなくなるコツかぁ、そんなのは私の方が知りたいな」

私は白々しい作り笑いで、空々しい答えを返すことしかできなかった。

お父さんの迎えを待ち続けているこの子は、口減らしされた自身の境遇を理解していない。もうなんとなく言葉の意味はわかったが、お父さんから言われたという家に帰ってきていい『ひだるくなくなったとき』は、既に彼の身に訪れてしまっている。

そして口減らしなんて大昔の風習がまだ残っていた時代を生きていた父親が、今もまだなお存命であるなどとはとうてい思えなかった。

「……お父さん、早く迎えに来てくれるといいね」

「うん。約束を守ってこうして泣かずに我慢してるから、あとはひだるくさえなくなればきっと来てくれると思うんだ」

父親の言葉をそのままに信じ、ひたすらに飢えに耐えながら来るはずのない日を待ち続けている少年。

飢えに対するその想いの強さを思えば、ヒダル神にだってなろうというのもわかる話だった。

わかってはいても――でも、それは決して叶うことはない未練でもある。

仮に『ひだるく』なくなっても、家族のために彼を捨てた父親は迎えには来ない。

……私はいったい、彼に何をしてあげられるのだろうか。

6

「『ひだるい』――というのは主に西日本で使われていた方言でな、標準語に訳せば『ひもじい』という意味合いになる。もちろんヒダル神のヒダルとは、これがもとだ」

倒れていた火車先輩を回収し、峠道を車で戻ること約二時間。

ようやく辿り着いたコンビニの駐車場に公用車を停め、買ってきたおにぎりを食べるなり火車先輩が口にした『ひだるい』の言葉の意味は、予想通りだったとはいえそれでもやっぱりショックだった。

ちなみにおにぎりを一口食べただけで火車先輩のハンガーノックはケロリと治り、今は助手席に普通に座ってゲップまでしてやがります。ヒダル神となった少年の末期のひもじさを知っている私としては、その飽食っぷりにイラっとしてしまう。

――それはさておいて。

「とりあえずおまえの話を聞く限りでは、ヒダル神の少年の村を襲った鉄砲水というのは、おそらく明治の紀伊半島大水害によるものだろうな」

「明治の、紀伊半島大水害？」

「そうだ。明治二二年八月一八日のことだ。秋雨前線が停滞する最中に南海から北上してきた台風が、紀伊半島に未曽有（みぞう）の大雨をもたらした。その結果、八月一九日から八月二一日にかけて熊野川（くまのがわ）流域を中心とした地域で、過去例をみないほどの大水害が発生したのだ。記録によれば山が崩れた箇所は一〇〇〇では足らず、その崩落のせいで川の流れが変わって、たった一夜にして三七ヶ所もの天然ダムができあがったらしい。下流ではいたる場所で土石流も発生し、この大水害による死者の数は一〇〇〇人を超え、家屋や農地の被害にいたってはもはや計り知れんほどだったそうだ」

――ちなみにあえて明治と火車先輩が前置いたのは、紀伊半島大水害は平成にもあったからです。

こちらは平成二三年八月三〇日のこと。その年の台風一二号の影響で降った大雨は、紀伊半島を中心に記録的なものとなりました。

奈良・三重・和歌山の三県の被害だけで死者は七二名、行方不明者一六名。

この平成の紀伊半島大水害ですが、実は明治の紀伊半島大水害のときとかなり似た台風の進路だったようです。明治時代と比較すれば、圧倒的に治水技術も進んだ平成の世でも起きてしまった大災害。どちらも本当に痛ましい、まさに一〇〇年に一度の大災害と呼べるでしょう。

「その少年もまた、明治の紀伊半島大水害による被災者だったのだろう。おまえが見た印象通りに少年の年齢が一〇歳前後であれば、当時の価値観からしてもまだ一人前の労働力には足らなかった歳だ。それでいて食べる量は、幼児と比べればぐんと増える。ゆえに甚大な被災をした結果、他の家族を生かすための合理的な手段として消費は大きいが生産力のない彼が捨てられたのだろうな」

淡々と状況を分析することで、ややもすれば冷淡にすら感じられる火車先輩の口調に、私は少しだけ苛立ちながらゲシゲシと自分の頭を掻いた。

「確かに今も昔も大災害の被害の大きさには胸が痛みますし、ましてや命の瀬戸際での緊急時の対応にどうこう言うつもりはありません。ですが私たちが今問題にすべきなのは、どうすればヒダル神となっている彼の未練を晴らすことができるのか、ということですよね？」

口減らしのために山中に捨てられた彼は、お腹さえ空かなくなればきっと父親が迎えに来てくれて家族の待つ家に帰れると、魂だけになった今でもまだそう信じている。

でも火車先輩の推測が正しければ、彼は明治二二年の大水害を体験していることになる。当時は生きていた父親もその家族も、どう考えたってもう生きているはずがない。つまり父親に迎えに来てもらって家族の待つ家に帰りたいという彼の未練は、もはやどう足掻こうとも叶いようがないのだ。

――しかし、それでも。

幽冥推進課職員としての職掌をまっとうするためには、私は彼をこの世へと留まらせ続ける未練を晴らして幽冥界に送り出してあげなければならない。

なんとも無茶な難題に腕を組んでうんうんと唸っていたところ、

「いや、今回に限ってはその少年の未練の解決方法で悩む必要はいっさいない」

「えっ？」

思いもよらなかった火車先輩の発言に、反射的に頓狂な声が出てしまった。

驚いた私が「いま、なんて言いました？」と確認するよりも早く、不意に鋭さを増した火車先輩の目が煩悶していた私の顔を見据えた。

「――なあ夕霞よ、幽冥推進課に所属するワシらの業務とは何だ？」

「いきなりなんですか？　そんなのは地縛霊の幽冥界へのご移転を推進していくことに決まっているじゃないですか」

「そうだ、その通りだ。あくまでも幽冥推進課の業務は、国土の利活用を促すべく現世の土地に不当滞在している地縛霊を幽冥界にまで転居させる、ということだ。つまり業務を遂行するために、おまえが普段からとっている『地縛霊の無念を晴らすことで幽冥界にまで送り出す』という手法は、地縛霊に現世から退去してもらうための一手段に過ぎんということだ」

一瞬、何を言われたのかわからなかったが、私はすぐにはっと気がついた。

「ちょ、ちょっと待ってください！　地縛霊の未練を晴らして成仏させるのが方法の一つって——先輩、まさかあれをするつもりじゃないでしょうねっ!?」

私が言うあれとはいつぞやの死神案件のときに見せた、火車先輩が呼び出した地獄の火の車で死者をお迎えする方法だ。

普段のドラ猫姿からはとても信じられないが、妖怪としての火車先輩の本性は死者を迎えたり、死体を奪ったりすることにある。地獄からのお迎えである火の車を呼べば、この世に残した未練も願いも何も関係なく、強制的に地縛霊を地獄に送り出すことができるのだ。

でも私は、あの方法が嫌いだ。

有無を言わせず死者をこの世から追い出す、あの手段に納得ができない。

さらに葬儀への畏れが希薄化した現代においては、火車先輩が火の車に乗って地縛霊を送り出せば、自身もまた自力で現世に戻ってくることができなくなる。

あの手段だけは、どうしたって使わせるわけにはいかなかった。

「……そんな怖い顔をするな、安心しろ。ワシの本来の力なんぞ使う気はない。というよりもな、今回の案件では地獄の火の車を呼び出すまでもないのだ。言っただろ、『ヒダル神への対処というのはさほど難しくはない』とな」

確かにそんなことを言っていた気もするが、でもまったく流れの見えない話に私の眉間に皺(しわ)が寄った。

「って、それじゃどういうことですか?」

「少年がヒダル神となっている以上は、直接の死因が餓死なのは間違いない。何も口にできなくなってから餓死するまでの期間は人によってまちまちだが、それでも普通の人間であれば何も食わずとも一週間ぐらいは生きられる。すなわちどんなに短かろうとも、餓死した人間は七日七晩は飲まず食わずで飢えに苦しめられているわけだ」

言われて私は、餓鬼そのものと言ってもいい少年の身体つきを思い出した。

飢餓状態にある人間の手足は異常に細いのにお腹が膨れているのは、タンパク質不足によって血中の水分が血管から浸透し腹水(ふくすい)になるからだという。

山の中にただ一人で置いていかれて父の迎えを待ち続けた彼は、どれほどの期間をひたすら飢えに耐え続けてあんな身体になったというのか。

「交通事故などにより一瞬で亡くなった者と、餓死した者とではどうしても未練の毛色が変わってくる。食べることは人間の根源的な欲求だ。肉体の死に脅(おびや)かされながら、それを文字通りに食い止めることができる食への欲望を満たせなかった者は、いかな形であろうとも食べることに未練を残してしまう。通りかかった生者がヒダル神に憑かれるのは、その強すぎる食への未練にあてられてしまうからなのだ。その土地に焼き付いた、食べ物を渇望する想いに身体が感応し、自身も空腹で倒れてしまうのだ。

そのように未練が明確ゆえに、ヒダル神への対処は容易いのだ。空腹への未練を晴らすのであればことは単純、何か食べさせてやればいい。食べさえすれば食への欲求は満たされる。他者を感応させるほどの未練も晴れる。ヒダル神と行き逢（あ）っても難を逃れるため弁当の米を一口残しておくという伝承はな、実に理にかなったことなわけだ」

確かにコンビニおにぎりを食べるなり、火車先輩の体調はみるみる回復した。それは血糖値だのグリコーゲンだのという理屈もあるのだろうが、同時に今の説明からすれば火車先輩が感応した飢えへの未練を晴らしたということもあるのだろう。

そこまで考えて、はっと気がつく。

ヒダル神に近づいて身体が感応してしまった未練が食べることで晴れるのであれば、ヒダル神本体の未練だって食べるだけで解消するのではなかろうか？

「――そうだ。その顔つきからして気がついたようだな。おまえが考えた通りだ。少年がヒダル神と化している以上、最後の最後に抱いた未練が飢えに関わるものなのは間違いない。他にもいろんな願いや思いもあるのだろうが、それでもヒダル神である限りは一口ばかりでも食事をすることで、飢えへの未練は晴れてしまうのだ」

「ちょ、ちょっと待ってください！」

滔々と語られる火車先輩の話を、つい声を荒らげて制止してしまう。

「彼の未練は、迎えに来てくれた父親とともに自分の家に帰ることです。いくらヒダル神になっているとはいえたかが一口ばかりごはんを食べたところで、一〇〇年以上も抱いてきた彼の未練が晴れるはずがないじゃないですか！」

「――本当に、ないと思うか？」

静かな凄味を感じる火車先輩の問いかけに、思わずごくりと唾を呑んだ。

「おまえの話を聞く限りでは、少年は自分がひだるくならないことを願っていたのであろう？　ひだるくさえならなければ、父親が自分を迎えに来てくれると信じていたわけだな。では、ひだるく――つまりお腹が空かなくなるための、最も単純な方法とはなんだと思う？」

「それは……」

火車先輩の言いたいことを察しながらも、私は声に出せずに口ごもってしまう。

「答えられぬのなら、ワシが教えてやろう。簡単だ、食べればいいのだ。食べて胃に食物を流せば、それだけで腹は膨れて満腹となり、ひだるさは解消されるのだ。ひだるくなくなれば、辛くなくなる。泣いて、家族をいっそうひだるくさせることもない。そしてなにより、ひだるくさえなくなれば父親が迎えに来てくれて、家族のいる家に帰ることができるのだ——少年が餓死の間際に望んだ、たった一口でもという食べることへの切望を、おまえは否定できるのか？」

火車先輩の主張はよくわかった。彼がヒダル神となっていることが飢えに未練がある揺るがぬ証拠であり、その過程にどんな想いが絡んでいようとも、食事をしてしまえば未練が晴れて成仏してしまうのはおそらく間違いないのだろう。

しかし私はその強引な考えかたに憤りを感じ、自分の下唇を噛みしめた。

「そうであっても！——一〇〇年、なんですよ。一〇〇年以上もこんな山の中で彼は空腹を堪（こら）えながら一人で過ごし、お父さんが迎えに来てくれるときを待っていたんです。死んでからも家に帰れるその日を願って、幾万の夜を飢えに耐えながら過ごしてきたんです！」

冷めたままの顔つきをした火車先輩に向かって、私は口角から泡を飛ばす。

「ねぇ、火車先輩。ひょっとして彼のお父さんが、この辺りで地縛霊になっているなんてことはないですかね？　だって父親なんですよ。いくら口減らしでも、自分の子どものことを気にしていないわけがないです。家族だってきっと同じですよ。自分たちのためにいなくなった彼を、今も家があった場所で待っている——そんなことだってあるかもしれませんよね？」

ただの思いつきとはいえ、口にしながら自分の気持ちが昂ぶってくるのを感じた。

でも火車先輩の表情は変わらない。むしろ私のテンションが高まるのと反比例するように、感情が冷ややかになっているような気さえする。

「――残念ながらワシはな、彼の家族がこの地にいる可能性は低いと考えている」

「そんなの、調べもしないうちからわからないじゃないですか！」

「わかるさ。明治の紀伊半島大水害で壊滅的な被害を受けた地域の住人はな、その多くが北海道に移住しているのだ」

「……えっ？」

しれっと火車先輩の口から出た移住という言葉に、自然と戸惑いの声が上がってしまった。

「明治の紀伊半島大水害の爪痕は、あまりに大き過ぎたのだ。集落が土砂に埋もれた中、なお逆境に立ち向かって復興しようという動きもあったそうだが、それでも被災した三千人のうち実に二千五百人以上もの村人が二ヶ月余りで移住の道を決断し、新天地へと旅立った。少年の家族は、彼を捨てねばならぬほどに食い詰めていたのだろう？　おそらく残った家族を養うために、彼の父親もまた移住を決断しただろう。その決断だって、決して楽な道ではない。慣れない極寒の地へと移り、せめてもう誰も見捨てずに済むようにと必死で新たな生活基盤を作ろうとしたに違いない。だからこそ若かりし頃に捨てた我が子のことを父親が今際(いまわ)の際に未練と感じたとしても、地縛霊となった父親のいる場所はたぶんこの付近ではない。守るべき他の家族とともに長い年月を過ごしたであろう、遥か遠い北海道の地のはずだ」

　絶句してしまいそうになるが、しかし私だってここで黙るわけにはいかない。

「……だったら、これから北海道に父親を探しに行きます」

「そうか――ではその調査は、いったい何日ぐらいを見込んでいる？」

　冷淡な声音とともに怜悧(れいり)な目つきで火車先輩に睨まれ、私の心臓がギュッと縮んだ。

「奈良県の南部から遠く北海道まで、片道であろうともどれぐらいの時間がかかるのか、口にしたからにはちゃんとわかっているのだろうな。その後はまるで手がかりのない彼の父親の痕跡を探し、どんな人生を送ったかもわからぬ上に名前も残っていないだろう人物の臨終の地を突き止めるまで、どの程度の日数を想定しているのか教えてくれ。それとワシはまずいないと思っているが、おまえが苦労して父親の地縛霊を見つけ出し、そこからどんな手段をもってこの地にまで連れてこようとしているのか、その方法も教えておいてもらえると助かるな」

「……父親を見つけ出す方法も、連れ帰ってくる方法も移動中に考えます。なんとしても頑張ります」

「それならおまえが頑張ってくるということを、送電線が復旧できずに今も停電していて、さらには道も封鎖されて移動も難しければ物流も滞ったままの、今夜も不安な思いで床に就いているだろう被災地付近の住民方に伝えてこい」

火車先輩の辛辣なイヤミに、私は頭を垂れてぐっと奥歯を噛んだ。

何も言い返さない私の様子に、火車先輩がいっそう眦を吊り上げる。

「どうした？　いつも考えなしにまっさきに行動するおまえらしくもないな。ほれ、許可するから早く言いに行け。一軒ずつ回って『土砂崩れのところにいる地縛霊が可哀相ですから、今から北海道に行って父親を探してきます。探すのにいつまでかかるかわかりませんので復旧は未定です』と、懐中電灯の灯りの中で不安で震えているかもしれない住民方にちゃんと説明してこい」

「……なにも、そこまで言わなくてもいいじゃないですか」

ぼそりと私が口にした瞬間、火車先輩の全身の毛がぶわりと逆立った。

「おまえが主張しているのは、そういうことだからだっ!!」

火車先輩の怒号に本物の落雷にでも出くわしたかのごとく、ギュッと肩を縮こめる。

「他にできる手段がないのなら、おまえが提案した方法を択るのもいたしかたないと思う。だが今回はすぐにでも解決できる方法があるのに納得ができず、おまえはとれる見込みなどほとんどないだろう満点の仕上がりを求めて、それに固執しているのだ。その結果として、どれほどの時間が失われるのかも考慮せずにな。

——いいか、心して聞け。ワシらが真に直すべきは、土砂に埋もれた舗装道路なんぞではない。自然災害によって壊された、この地に住む人たちの生活基盤なのだ。確かに今は一分一秒を争う事態ではないかもしれん。だがそれでも、この付近の住人方の生活と心の安寧のために、失われた生活基盤は一刻も早く復旧させねばならん。その責務がワシらの肩には載っているのだ。災害復旧の一部を担って現地入りしている以上は、それをゆめゆめ忘れるな」

私だって、そんな大事なことを忘れたつもりはない。

でも火車先輩に指摘されて、今回の土砂災害で不便な生活を強いられている方々の苦労から、いつのまにか自分が目を逸(そ)らしていたことに気がついた。あまりにもひだるい彼の境遇に目を眩(くら)まされて、考慮すべき今起きている現実的な問題を見失っていたことは否定のしようがない。

——それでも。

「……一〇〇年以上ですよ。本当に彼が生きていた時代が明治なのだとすれば、いつか父親が迎えに来てくれることだけを信じ、彼は一〇〇年を遥かに超えた年月を泣くこともなく必死になってひだるさに耐えてきたんです。これから迎えるのは、そんな彼の苦労の終焉(しゅうえん)なんです」

今にも涙で曇りそうな私の眼差(まなざ)しを前に、これまで目尻をぐっと吊り上げていた火車先輩が心底から困ったような、なんとも苦い笑みを浮かべた。

「例にもれず、この辺りもまた過疎化と高齢化が進んでいる。免許返納などで自力での移動手段をもたない単身高齢者も被災地域の中には大勢いるはずだ。今回の土砂災害で公道を走る公共交通機関は著しく混乱している。おまけに停電によって冷蔵庫の中の買い置き食材もダメとなり、ひょっとしたら今まさに食べるものがなくてひもじい思いをしている方もいるかもしれんのだ。少年が耐えた、永劫に感じられるような苦しみに報いてやりたいおまえの気持ちはわかる。だがその結果、他に飢えて苦しむ人が出るかもしれんのだ。

──おまえは、それをよしとするのか？」

何も言わぬまま、私は静かに首を左右に振った。

火車先輩は元から細い目を完全に閉じて瞑目(めいもく)すると、湿った鼻からふぅーと長い長い息を吐いた。

「……間もなく夜更けとなるが、今ここで現場まで引き返してヒダル神を成仏させられたら、明日の朝一は無理でも昼前からならきっと撤去作業を再開できるはずだ」

私は膝の上に乗っていた自分の拳を、力の限りぎゅっと握り締めた。

「……すまんな。死体を盗むぐらいしか取り柄がないワシには、他に打てる手が思いつかんのだ。この世の最後の食事がコンビニ飯で、彼には申し訳ないと思う。だからせめてな、このコンビニの中で一番おいしいものを吟味してやってくれ」

拳を強く握り過ぎて爪が掌に刺さる。

私の掌の皮膚は、今にも裂けそうだった。

7

私と火車先輩が再び現場に戻ったとき、最初にきた夕暮れどきと違って、幽かな月の明かり以外に辺りに灯火はなかった。間もなく日付が変わろうというこの時間では遠くを走る車のエンジン音さえ聞こえず、秋を感じる虫の声だけが鳴り響いている。

今日一日、私はほぼほぼ運転をしていた。高速を降りてから走ったのは狭い峠道がほとんどで慣れない道を一往復半、普段の私だったらもう神経が摩耗しきってハンドルに突っ伏したまま動けなかっただろう。

けれども今、自身の疲弊具合を感じられるような余裕は私にはなかった。運転中も違うことばかりが頭のなかでぐるぐると回り、疲労なんて気にもならなかった。

夕方のときと同様に、通行止めの看板をどかして三角コーンの奥に公用車を停める。この先は徒歩だ。ヒダル神の少年がいる土砂崩れの現場へと向かい、火車先輩と並んで無言のまま舗装された峠道を上っていく。

そんな私の右手には、コンビニのビニール袋が提がっていた。

袋の中身は牛丼だった。とはいえ別に私の好みで選んだわけじゃない。これを買ったコンビニにもたぶん物流の影響が出ているのだろう。あるいは停電地域の方が、往復で四時間以上かかるコンビニまでわざわざ買い出しにきたのか。

どうあれ、彼の最後の晩餐(ばんさん)を求めて物色したコンビニの弁当コーナーにはあまり品物がなく、きっと彼が口にしたくて仕方がなかっただろうお米と、それから口にしたこともないだろう柔らかいお肉が入った弁当を探したところ、牛丼しかなかったのだ。

買ったときにレンジで温めてもらったが、二時間以上もの峠道ですっかり冷めている。ビニール袋から覗く透明な蓋の内側には、びっしりと水滴が張りついていた。このまま食べても、おそらくお米もお肉もべちょべちょだろう。

でもこれが、今の私が彼に振る舞える精一杯のご馳走(ちそう)だった。

冷蔵庫も炊飯器もＩＨコンロも使えなくなっている停電地域の方々に、少しでも早く家族と囲む温かい食卓を取りもどすため、私が彼のために用意できる最高の食事がこれだった。

放置されたままのダンプカーの横を抜けたところで、隣の火車先輩の足がぴたりと止まった。そこは火車先輩が一度はハンガーノックで倒れた場所の、ほんの少し手前だった。

「ワシはここまでだ。この先はおまえに託す」

正面に聳(そび)えるのは、月明かりに照らされた土砂の山だ。

そのてっぺんには、昼間と同じ姿勢で座り続けているヒダル神の少年がいた。

ここからは私一人で行くしかない。

私一人で、彼を逝(い)かせるしかない。

「わかりました」

火車先輩を置き去りにして、私は舗装された道の上をパンプスでコツコツと歩く。

右手に提げた弁当がやけに重かった。ビニール袋に入っているのは僅か一人前の弁当でしかないので本当は軽いのに——むしろこの世の最後の食事とするにはあまりに軽過ぎるのに、それでも重みで身体が傾いてしまいそうなほど私には重かった。

私は重みに負けて弁当を落としてしまわないよう慎重に土砂を登っていき、

「月を見ているのかな?」

ただじっと空を見上げていた、ヒダル神の少年に声をかけた。

昼間同様、声をかけられてやっと私の存在に気がついた少年が、ゆっくりと首を左右に振った。

「別に何も見てなんかいないよ、ぼぅーっとしてただけ」

「……そっか」

少年の目はどことなく焦点が合っていない。おそらく長期の飢餓状態で、意識が朦朧としたまま亡くなったのだろう。

だが意識があやふやとなってなお、父親が迎えに来てくれることだけは信じ続け、飢えに耐えながらこうしてじっと待っているのだ。

その心中を想像してしまい、胸の奥に針で刺されたかのような痛みが走る。

油断すれば黙ってしまいそうになる気持ちを踏ん張らせ、私は無理に笑顔を浮かべた。

「ねぇ、君。お腹、空いていない？」

私のその問いかけに、これまでは声の調子も動作も緩慢だった少年が、ビクリと肩を跳ねさせて反応した。

「空いてない、空いてないよ！　——僕はもう、お腹なんか空かないんだから」

「やだなぁ、そんなことあるわけないじゃない」

「やめてっ!!　僕はもうひだるくなんてならないの！　お父さんとの約束なんだから！」

「でもさ、君がしたお父さんとの約束はひだるくてももう泣かないことなんだよね？　それならさ、実際に何かを食べて本当にひだるくなくなったら、もっともっと約束を守れるようになると思わない？」

私は——ひどい人間だ。

ひどくて、最低の人間だ。

「………えっ？」

「実はね、君のごはんを持ってきたんだ」

そう言って、手にしていたビニール袋から牛丼を取り出した。

唖然としている彼の目の前で、てきぱきと包装を破いて透明のトレイを引き抜き、汁がたぷたぷとなっている牛丼の頭を白いごはんの上にのせた。

「ちょっと冷めてるけど、でもよかったら食べてくれないかな？」

手にした牛丼のパックをずいと差し出す。たるんだ皮膚の下の食道の形がわかるほど、少年が思いきり唾を嚥下した。

落ち窪んだ目玉がこぼれ落ちそうなほどに、私の手の中のパックに盛られたごはんとお肉を少年が凝視する。

もうそのまま、手も箸も使わずに獣のように食らいつき出すのではないかと思えたが、少年はゆっくりと目を閉じて歯を食いしばると、欲望を振り切るかのようにブンブンと激しく頭を左右に振った。

「ダメっ！　やっぱり、食べられないよ」

「どうして？　これは君のために買ってきたんだよ。君のためのごはんなんだよ」

「お姉ちゃん、ありがとう。でもね――お父さんの分がないから」

瞬間、私の表情は凍りつき、呼吸も忘れて彼の言葉に瞠目してしまった。

「ごはんを食べたいのは、僕だけじゃないんだ。お父さんもお兄ちゃんも、新しいお母さんも妹や弟だって、みんなみんな食べたくて食べたくてしょうがないんだ。だから僕一人だけ、そんなにおいしそうなものを食べるわけにはいかないよ。もし僕だけがごはんを食べてからお父さんが迎えに来てくれたとしても、そんなのみんなに申し訳なくて、僕はもう家に帰れなくなっちゃう」

干からびた唇を噛み締めて、彼は一〇〇年越しの食事を前に必死で我慢する。彼なりの倫理と欲求の狭間で懊悩する辛そうな表情に、私もまた血が出そうなほど自分の唇を噛んでいた。

ここに至って、まだなお彼が気にかけるのは家族みんなの飢えだ。

彼自身がとっくに飢えて死んでいるのに、もうこの世にはいないだろう自分の家族の飢えを、まだなお心配している。帰りたいと願う家にいる家族たちが、自分以上にひだるい思いをしていないか、今もまだ気にしているのだ。

彼の想いのあまりの強さに、私は怯む。

その家族を想う気持ちの愛おしさに、触れたら折れそうな肩を抱き締めたくなる。

――よし、わかった!! これから北海道に行って君のお父さんや家族を探してくるから、もうちょっと待ってて!

できるものなら、私はそう叫びたい。

彼の想いを汲み、願いを叶えてあげたい。

——だけど、それでも。

私は、やると決めたのだ。

自分で背負うと、そう覚悟をしたのだ。

「ねぇ……お父さんがなかなか迎えに来てくれないこと、君は恨んでいないの？」

急に向きの変わった私の質問に、彼はきょとんとしながら首を傾げた。

「恨んでるとか、そんなことあるわけないよ。だって悪いのはお腹が空いたぐらいでみんなを困らせるほど泣いていた僕なんだから。それにね——お父さん、他の家族みんなのためにしかたなく僕をここに置いていったんじゃないかと思うから」

その答えを聞いたとき、私は涙で霞みそうになる目をつい袖で拭ってしまった。

でもここで、私がボロボロと泣いてしまうわけにはいかない。

ぎりりと歯を食い縛って、私はビニール袋の中から箸をとりだすとパックから外した透明な蓋を地面に置き、その上に牛丼を一口ずつ小分けにし始めた。

「えっと、これがお父さんの分ね。それでこっちがお兄さんとお母さんの分。あとは弟に妹だったね——はい、それじゃこの残ったのが君の分ね」

そんなに量の多くはないコンビニの牛丼弁当を六等分し、最後にパックの中に残った僅かなごはんと肉を再び彼に差し出す。

「……僕の分？」

「そう。これは君だけの分だよ。君の家族が食べる分は、ほらちゃんと蓋のほうに残してあるから。だからね、これは君が食べていいんだよ」

最初にパックを突き出したときよりなお激しく、彼の喉がゴクリと音を立てた。

ほとんど重みのなくなったパックを、骨と皮しかない手がそっと受けとる。

両手でつかんだパックの中にある、三口もあれば食べきれてしまうほどの量しかないお米と牛肉を、涎を垂らしながら少年がじっと見つめていた。

「……本当にいいの？　これ、本当に僕が食べちゃっていいの？」

「君はさ、お腹の空かないコツを知りたがっていたよね？　お腹が空かないようにするのなんて簡単だよ。食べればいいんだって。お腹いっぱい食べたらさ、そうすればひだるくなんてなくなるんだよ」

頰をどこまでも緩ませて、顔はにっこりと——でも私の目尻からは堪えきれずに、つうーと一筋の涙が流れてしまった。

既に目の前のごはんに意識が向いた彼は、矛盾している私の表情に気がつかない。

震える小さな手が、パックの上にのっていた箸をつかんだ。

それから大事に大事に牛肉ののったごはんを箸で切り分け、一口分を掬い上げる。

「——ありがとう。お姉ちゃん」

彼は米粒一つとてこぼすことがないようにと慎重に手を動かし、そして目を瞑りながらぱくりとごはんと肉を狭んだ箸を口に咥えた。

途端に彼の目尻が下がって、眉間の皺がすっととれる。

お米と牛肉を同時に咀嚼しながらも、彼の口から盛大に漏れ出る吐息。それは安堵であり、切なさであり、そして何よりも食事ができたことによる喜びの想いが詰まった、万感のため息だった。

「おいしいね。とってもおいしい。これ、すごくおいしいよ。おいしくて、おいしくて――でもやっぱり僕は、お父さんと一緒に食べたかったなぁ」

彼が泣きながら笑みを浮かべた次の瞬間、その手にしていた箸とパックがぽとりと地面に落ちた。

落ちた拍子にパックが横倒しとなり、六等分されたほんの少しだけの牛丼の、それでもなお半分以上残っていた肉とごはんが土の上へとこぼれ出た。

生きている間は飢えに苦しめられ、叶えたい願いのために死んでからもなお飢えに耐え続けていた彼は、たった一口ばかりの冷えたごはんを口にしただけなのに、もう現世から旅立ってしまっていた。

「うぁ………うあ……あああぁぁぁ、うわわわわあああああぁぁぁぁっっっっ!!」

それは、私の絶叫だった。

彼が幽冥界にまで逝ったのだと認識した途端、今の今まで堪え続けてきた気持ちが一気に噴き出した、獣のような叫喚だった。

「ああああああっ、ああああああぁぁぁぁぁっ!!」

彼を前にしてからずっと耐えていた涙を、もはや微塵も隠すことなく溢れさせる。

彼のこの世の最後の言葉は「お父さんと一緒に食べたかったなぁ」だった。

一口ごはんを食べた彼が最後の最後で私に見せた表情は、全てを理解して受け入れてくれているかのようにも思えた。

歳にまるで見合わない、全てを悟ったような泣き笑いだった。

私は——彼を、逝かせてしまった。

父親に迎えに来てほしいと、家族の待つ家に帰りたいという未練を成就させることなく、彼を幽冥界へと送り出してしまった。

もう彼の未練は未来永劫に叶わない。

絶対に叶えてあげることはできない。

「何が……何が笑ってこの世を去って欲しいよっ！　せめて最後は笑顔でこの世とお別れして欲しいとか、私のどの口がそんな綺麗事を吐くのよっ!!」

勢いのままに、私は握った両手を何度も何度も地面に叩きつける。

「たった一口だけで逝かないでよ！　一〇〇年以上も待っていたのに、どうして一口で逝っちゃうのよ！　一口ぐらい食べたところで堪えてよ！　堪えて堪えて、それからがんばって自分から父親を探しに行けばいいじゃない！　私にだって都合があるのよ！　あなたの未練でしょ、お父さんに迎えに来てもらって家に帰りたかったんでしょ！　だったら食べて元気になって、それで自分から出向いてお父さんを見つけなさいよっ！」

無茶苦茶なことを叫んでいる自覚はある。でも私は吠えずにはいられなかった。

今泣き叫ばずにいたら、それだけで気が狂いそうだった。

「……夕霞」

私の咆吼を耳にして、もうヒダル神がいないことを察したのだろう。

膝をつく私の背後に、いつのまにか火車先輩が立っていた。

「おまえが気に病むことは何もないのだ。今回の件は全てワシの責任だ。ワシがヒダル神に米を食べさせろと、嫌がるおまえに指示をしたのだ。おまえはワシの指示に従って、地縛霊を幽冥界にまで送り出しただけに過ぎない。おまえにいっさい罪咎はない——だからおまえは、何も悪くなんてないのだ」

声音だけでも、私を気遣う心根が十分に伝わってくる火車先輩の言葉。

でもその口上を聞いた瞬間、私はカッと頭に血が上った。

「私を侮辱するのはやめてくださいっ!!」

それは火車先輩にとって、あまりに予想外の怒号だったのだろう。

しゅんと垂れかけた耳と萎れた髭が、驚きからピンと一気に上を向いた。

「今回の案件の結果は、私の選択です！　火車先輩のアドバイスを受け、こうなることを理解した上で自ら選んだ結末なんです！　火車先輩から提示されたヒダル神に食事をさせるという解決手段に、私がそれ以上の良い対案をぶつけられなかった段階で、この結果は私がもたらしたんですよ！」

滂沱と流れる涙をまき散らし、洟水すらも垂れるまま、私は火車先輩に向かってひたすら喚き散らす。

「私が半端者だから、何もまだ力がないから、第三の選択肢を出すことができず、時間を稼ぐ手段すらも思い浮かばなかった。だから私は彼の未練とこの地域に住む人たちの不安を天秤にかけ、火車先輩が提示してくれた案を採択する決断をしたんです。

それなのに――火車先輩が勝手にしゃしゃり出て、臍を噛むような暗澹たるこの後悔を消そうとしないでください！　全て自分でわかっていてやったことなんです！　そんな私の責任を一方的に背負おうとするとか、火車先輩は私を見くびり過ぎですっ！」

私の主張がほとんど八つ当たりなことは百も承知だ。

でもそれでも、私は火車先輩に噛みつかずにはいられなかった。

「私が自分の未熟さを呪う、その気持ちまで勝手に奪おうとしないでくださいよっ!!」

自分を痛めつけるように、握った手を再び地面へと振り下ろす。

ヒステリックな喚き声を一通り聞き終えた火車先輩が静かに瞑目し、それから厳かに口を開いた。

「そうだな……そのとおりだ。本当にすまなかった」

駄々を捏ね続ける子どものような私に向かって、火車先輩が深々と頭を下げる。

「おまえはワシの提示した解決手段に、おまえなりに必死で抗った。だがそれでも最終的には現実を見て判断し、今を生きている人たちの生活に鑑みて受け入れた。その過程でおまえが葛藤したことを隣で見ていたワシはわかっていたはずなのに、心底から悩んだ末に下したおまえの苦渋の決断をワシは安易な慰めで侮辱してしまった。

夕霞よ、心から申し訳ないと思っている。どうかワシの軽率な言葉を許して欲しい」

……本当の本当に、火車先輩はズルい。

私はひどい言葉を口にしたのに、感情的になって言い返してくれたって構わないというのに、でもこんなときばかりは叱責せず、私の想いを汲んで尊重してくれる。

自分が未熟なことを、あらためて思い知らされる。

「……か、火車先輩の、バカぁぁっっ!!」

最後は語彙が崩壊し、ただの罵倒を力の限りに火車先輩へと浴びせる。

「あぁ、ワシもおまえも、本当に馬鹿者だよ」

あとはもう天を仰いだまま、いい大人の私は幼児のようにわんわんと泣き続ける。

そんな私の横に、火車先輩は無言のままそっと寄り添ってくれていた。

8

「昨夜は感情的になって、すみませんでした」

「気にするな。そもそもおまえが感情的なのは、常のことだろうが」

公用車のハンドルを握りながら謝罪する私に、助手席の火車先輩がつまらなさそうにフンと鼻で笑う。

——昨夜の醜態の後、泣き疲れた私はトボトボと公用車に戻ると、そのまま運転席で寝てしまったらしい。

辻神課長への案件完了報告や工事を担当している近畿地方整備局への連絡などは、私が寝ている間に全て火車先輩がやってくれていた。

おかげで私が目を覚ましたときには、まだ昼前ではあったものの急いで集まった作業員さんたちによる土砂の撤去作業が開始される寸前だった。

人が近づいて作業ができるようになりさえすれば、とりあえず片側交互での通行が可能になるまでにおおよそ一週間。送電線に関しては仮設での接続が可能らしく、おそらく今日のうちに停電は復旧するとの見込みだった。

待機となってうずうずしていたらしい作業員さんたちが、てきぱきと撤去作業の準備を進めていく様を横目に、私は邪魔にならぬようそっと公用車を発車させる。

ここから東京まで往路と同じ道を辿れば約一〇時間。しかし深夜にまで及んだ昨日の私の過重労働を心配し、今日は奈良の辺りで宿泊して戻ってきてもいいと、辻神課長からはメールが届いていた。

正直なところ、ちょっと迷っていた。身体の疲れを考えると確かに泊まっていきたい気持ちはある。でも同時に私は早く東京に戻りたい気持ちもあった。

早く戻って、今はただ無心で仕事をしたかった。

「なあ、気がついていたか？」

モヤモヤした気持ちのまま運転し、国道ならぬ峠の酷道をようやく抜けたところで、それまでほぼ無言だった火車先輩が急に口を開いた。

「なにをですか？」

「ヒダル神の少年が座っていた場所の下にな、土砂と一緒に流されてきたらしい、自然石を利用した道標があったのだ」

ヒダル神の少年を送り出したとき、私はただ泣いているだけだった。

彼の家族への未練は何一つとして叶えてやれぬまま幽冥界に立ち退かせてしまった自分の無力を嘆くだけで、彼が座っていた場所に何があるかなんてまるで気にもしていなかった。

「古いせいでひどく摩耗していて彫られていた文字は読めなかったがな、おそらくは別の村への分かれ道を示した案内板だったのではないかと、ワシは思っている」

「……はぁ。まったく気がつきませんでしたけど、それがなにか？」

「少年を置き去りにしたときに、父親は確か『おまえがひだるくなったときには、いつでも家に帰ってきていい。でもそれが嫌だったら、家とは反対側に山を下りなさい』と、そう少年に言ったのだったな」

「ええ。私はそう、彼から聞きましたけど」

「置き去りにされた少年のいた場所にあった、別の村への道標――父親はどうしてそんな場所に彼を捨てたのかとその意味を考えるとな、ひょっとして『家とは反対側に山を下りろ』という言葉は、『別の村に行って自分の生きる道を探せ』という意味ではなかったのか、と思うのだ」

前を見て運転していた私は、ハンドルを握ったままはっと息を吞んだ。

「もちろん彼を山中に捨てたのは、口減らしが目的なのは間違いなかろう。自分の家ではもう彼を養えない。彼を養ったら、おそらく家族全員で餓死をする。それはきっと村のどの家も同じ状況だったのだと思う。だが父親は、あまりに彼が不憫だった。不憫で不憫でたまらなくて、せめて彼が生き延びられる可能性がある場所に捨てることにした。

自分の村はもうダメだ。でもひょっとしたら、他の村はそうではないかもしれん。水害の被害を余り受けず、子ども一人ぐらい迷い込んできても養うことのできる村がまだ辺りにも残っているかもしれない。自分の村の方に下りてくれれば、他にも口減らしをしている家の手前もあって、今度は川にでも流し確実に殺すしかなくなるだろう。だからこそ村の方には下りてくるな、山の向こう側へと下りろ。そうしてなんとか生き延びて、おまえはおまえの人生を幸せに生きて欲しい——と。

彼の父親はあえて道標のある場所に、少年を置き去りにしたのではないのか？」

「……それじゃ、父親は口減らしのために彼を置き去りにしたのではなく、もう養えないから自分で生きろという道を示していたと、そういうことですか？」

「一〇歳にも満たない少年に対しての仕打ちだ、結果は口減らしと同じだよ。だがそれでも、村の他の家の目もある手前どうしても連れて帰れない以上は、父親は僅かであっても彼が自力で生きられる可能性に賭けた。人であれば空腹という根源的な欲求には抗いきれない。あれだけ強く言っておけばひだるさに耐えきれなくなったとき、きっと村と反対側に食べ物を探して山を下りていくだろう。だから少年が向かうその先の地に、一縷の望みを託した——ワシにはな、そう思えて仕方がないのだ」

火車先輩の言葉が途切れると同時に、車内が沈黙で包まれる。

父親は、彼を連れて帰るに帰れないから、なんとか新しく生きる道を示した。

では彼は、その父親の想いに気がつかなかったのだろうか?

――違うと思う。

彼は聡明(そうめい)だった。飢えて苦しんでいる中でもなお家族のことを案じて、自分だけが食事をすることに抵抗をもっていた。

そんな彼が、自分の身を配慮した父親の願いに気がつかないわけがない。だとすれば答えはただ一つだ。

彼は『違う地で生きて幸せになれ』という父の想いを理解していた上でなお、家族の元へと帰ることを願って置き去りにされた場所に残り続けたのだ。

父親の真意から目を背け、『ひだるくなくなったとき』という言葉尻に一縷の期待をし、そして父親が心変わりしてくれることをただひたすらに夢想して、来るはずのない迎えを待ち続けていたのだ。

「……すまんな。どうにもしようのない、詮ないことを言ってしまったな」

――今回の件は、もうどうやっても真相を知ることはできない。

想いの真実に辿り着く前に、私が彼をこの国土から立ち退かせてしまったからだ。

だから彼と父親とのすれ違ってしまった悲しい思いを今さら語ったところで、何の意味もない。

でもきっと、火車先輩は語らずにはいられなかったのだ。

昨夜の私が泣き叫ばずにはいられなかったように、二人の想いの真意を察してしまった火車先輩は、それを自分だけの胸中に黙って収めておけなかったのだと思う。

あぁ――と私は肺腑を萎ませるほどに、ため息を吐き出した。

時はすでに遅く、後悔は先に立たず、覆水は盆に返らず、死者は生者に戻らない。

「……辛いですね、仕事って。本当に難しくて、大変で、そして苦しいです」

「あぁ、仕事だからな。辛いことも苦しいことも山積みだ。だがそれでも今日を生きて、明日を生きるためには続けていかねばならんのが、仕事というものだ」

私が運転する公用車は奈良に留まることなく、自然に東京に戻る高速へと乗ろうとしていた。

今ばかりは火車先輩も無理に休めとは言わない。

今はただ、私は無心で次の案件へと挑みたかった。

三章

一口だけなんて許しませんから

1

「百々目鬼さん！　何か手伝えることはないですか？」

ようやく倉庫から戻ってきた百々目鬼さんが隣に着席するなり、私は自席に座ったまま身を乗り出し訊ねる。

「あ、ありがとう、夕霞ちゃん。でもね……もう、何もないから」

私が前のめりになった分と同じだけ百々目鬼さんが背中を反らし、私から距離をとる。さらには小脇にしていたチューブファイルを顔の前にかざすと、目が合わないよう必死になって壁の方を見ていた。

「そんなこと言わずに！　荷物運びでも古い書類のＰＤＦ化でも、今だったら何だってしますんで」

「だからね、それもう全部、夕霞ちゃんがやっちゃったから」

ちなみに百々目鬼さんの目線の向いた壁際には、山と積まれたダンボール箱がある。それらにはすべてマジックで『廃棄』と書かれていて、中身は私がせっせとＰＤＦ化をした大昔の書類だった。

「だったら、教えてさえくれれば私も経理の仕事を――」

「いや、それ私の仕事だから」

瞬間、私の鼻先にぴしゃりと掌が突きつけられ、百々目鬼さんの心のシャッターがガラガラと降りた。経理の話なんかしたせいか、手首の辺りに血走った目玉が浮き出していて、鋭い半眼でギロリと私を睨みつけている。

これ以上踏み込んだら本気で百々目鬼さんが怒り出すと確信した私は、ゴクリと生唾を吞んでから、ピンと直角に背筋を伸ばして正面へと向き直った。

私を横目に無言で仕事を再開する百々目鬼さんですが、一度不機嫌になったオーラが即座に消えるはずもなく、ピリピリした空気が私の右腕を刺激してきて自業自得ながらも、ほんと怖い。

こうなったら気を紛らわせるためにも、仕事に打ち込もうと思うものの――その仕事が、今の私にはほとんどなかったりする。

いっときは毎日がてんやわんやだったのに、先々月ぐらいから「なんだか業務量が減ってきたなあ」と思っていたら、あれよあれよと日々暇になっていきました。

私が最後に担当したのは、もう一週間以上も前となる奈良の山中でのあの案件で、その報告書も提出済みである以上は今の私に急ぎのタスクは一つもない。

念のため立ち上げたノートPCでメールの確認をする。案の定、新しいメールは一通もなし。忙しないのも大変ですが、手持ち無沙汰であるのもそれはそれでなかなかに辛いのです。

特に今の私にとって暇なのは精神的にとてもこたえる。というか、焦るのです。

——自分を成長させるためにも、今の私は苛酷なぐらいに仕事をしたかった。

全部のメールが既読だったのを確認してからメーラーを閉じ、でも何かをしなければと、いてもたってもいられない私はすっくとそのまま立ち上がった。

しかし席を離れたところで何かやれることがあるわけでもなく、むしろPCを使った方がまだ仕事ができるはずだと思い直してすぐ座る。

再びメーラーを立ち上げてみるが、さっき閉じてからまだ三〇秒と経っていないのに、そうそうメールが来ているはずがない。仕方がないかと再びメーラーを閉じると、ついついそのまま条件反射的に私はガタリと立ち上がり——、

「鬱陶しいわっ！」

自分の机で丸くなったまま、ときおり耳だけをピクピク動かし様子をうかがっていた火車先輩が、ガバッと顔を上げて私を怒鳴りつけた。

「まったく立ってはまた座ってまた立ってと、やたらにキチョキチョしおって！　気になってこっちが仕事にならん。いいから少しは腰を据えてでんと座っておれっ！」

「いや、こっちが仕事にならんとか……火車先輩は寝ていただけなのでは？」

「黙れ！　待機することも立派な仕事のうちだろうが」

なんというか、物は言い様ですよ。

とはいえ、私と火車先輩の会話を無視して自分の仕事を続ける百々目鬼さんの雰囲気も相変わらず冷たいままですし、私のやたら落ち着かない所作が周りを苛つかせていたのは確かなのでしょう。

「そんなに仕事をしたければ、自分で見つけてこい！」

と、言いたいことを鼻息荒く捲し立てきったところで、不機嫌そうな顔を腹にうずめて再び火車先輩が丸くなる。

ちなみに今のご時世、「仕事は自分で見つけろ」とかそんな昭和みたいなことを口にしただけでパワハラなのですが、それを口にすればさらに火に油を注ぐのがわかっているので災いの元にはチャックです。

ですがまあ、やることがなければ探さなければならないのもまた真実であり、私は席に座ったまま腕を組んで何かやり残した仕事がないかと頭を巡らせる。

——そういえば、前回の報告書を作ったときオーブらしきものが二、三個写っただけの写真を心霊写真としてカウントしていいのか、それを辻神課長に確認したかったのを思い出しました。

となれば善は急げとばかりに、私は自分の席から立ち上がる。

……いや、待てよ。この程度の質問は急いで辻神課長に訊くべきことじゃないよね、と思い直し、私は立ち上がった仕草の逆廻しで再び着席する。

でもでも。案件はいつ新しいものが降りてくるのかわからないので、余裕があるうちにすぱっと訊いておくのがやっぱり正しいのでは？　と気がついて再び立ち上がった。

いや――ちょっと待て、私。よくよく考えてみると――、

「いい加減にせえぇぇいっ!!」

座っては立ってをちょこちょこ繰り返す私の動きに、いよいよ苛立ちが限界突破した火車先輩が跳ね起き、全身の毛を逆立て今にも飛びかからんばかりにシャーと威嚇してくる。さらには怒髪天をつくとはこんな表情だと言わんばかりに、三白眼を吊り上げ私を睨みつけていた。

「目障りだっ、バカたれっ！　いいから公用車の洗車でもしてこいっ！」

「は、はいぃっ！」

火車先輩のかつてない迫力に圧倒され、私は公用車のスマートキーをつかむと、「あっ、その仕事があったか」と思いながらオフィスの外へと飛び出した。

2

正直なところ、何をしていても落ち着かないし、気が休まらない。

できるものならば、がむしゃらに仕事をしたいし、絶えず忙しなくしていたい。

そんな気持ちが言動のはしばしに滲み、傍から見ていて相当にうざったいのだろうな、という自覚はある。

――奈良の案件以降、私はずっとこうだった。

率直に表現すれば、私は自分を責めて苛めたい。罰とも思えるほどの過剰な仕事を自らに課して、ひたすらもがき続けるほどに自分を追い詰めてやりたい。

そしてその果てで、あのヒダル神の少年と同じような思いを誰にもさせないため、私はもっともっと仕事ができるようになっていなければならない。

こんな考えが、ただの自己満足で無駄な焦りなことはわかっている。

でも何も変わらない、学ばないままでいては、私は彼に顔向けができない。

そしてもしもまた同じ後悔を繰り返すようなことがあれば、私は今度こそ絶対に自分を許せない。

――とまあ。

そんな益体もないことをぐるぐると頭の中で考えながら、セルフでガソリンを入れ終えると、自動洗車機の中に公用車を潜らせた。険しかった奈良の山道でドロドロになっていた公用車の足回りが一瞬でピカピカとなり、飛沫の跡が残らないよう備え付けのタオルで丁寧に拭き上げる。

……こんな風に何かをしていると、いくらか気持ちも落ち着くんですけどね。

「よし！」

完璧な仕上がりの公用車を前に、腕を組んでうんうんとうなずいてから、鼻の頭についていた水滴を指で拭って運転席に乗り込む。

正味三〇分ばかりの簡単なお仕事を終え、さてオフィスに戻ったら次は何をしようかと考えつつ、立体駐車場に向かって公用車を走らせていたところ、

『一昨日の夕方、国営武蔵丘陵森林公園内の運動広場にて、児童八名が昏倒し救急車で病院に搬送されていたことが判明しました。国土交通省関東地方整備局は、本日より公園の一時閉鎖をすると発表しています』

なんだか聞き逃せない名前を含んだニュースが、カーラジオから聞こえてきた。

『児童が昏倒した原因については現在調査中との発表ですが、光化学スモッグによる可能性もあるとの見方も一部にあり、周辺地域には不安が広がっています』

光化学スモッグで子どもが倒れるとか、七〇年代か――と、ついラジオに向かって突

っ込みそうになってしまう。

ちなみに光化学スモッグとは、主に工場の煤煙や自動車の排気ガスとして大気中に放出された窒素酸化物が、太陽の紫外線を受けて光化学反応を起こし、オキシダントに変化して人体や動植物に害をなす現象のことを称します。

私が生まれる以前、七〇年代や八〇年代の日本では多発していたらしいのですが、今や工場の煤煙は法律で厳しく規制され、技術進歩によって自動車の排気ガスも昔とは比べものにならないほど害の少ないものになってきています。根絶されたわけではないもののそれでも以前と比べれば光化学スモッグは頻度も危険性も随分と減っているのは間違いない。

にもかかわらず、工業地帯とは真逆の場所ともいえる森林公園なんかで、どうして公害の代名詞的現象でもある光化学スモッグなんぞがおきるのか。

倒れたらしい子どもたちにとっては大変気の毒なニュースだが、なんだか妙な話だなと感じてしまう。とはいえ私が一人車内で小首を傾げていたって、誰も答えてくれるわけもないのですが。

とりあえずは公用車を立体駐車場に入れ、幽冥推進課のオフィスへと歩いて戻る。

その頃にはさっき耳にしたニュースも頭の中からすこんと抜け落ちていて、とにかく次にやることを見つけないと、なんて思いながらオフィスのドアを開けたところ、

「だから素人判断は危険だと、いつも言っていたでしょうがっ!!」

壁が震えるほどの怒声にいきなり出迎えられて、ドアノブを握ったままピンとその場で硬直してしまった。

あわわと泡を食いそうになるも、声の主たる辻神課長の姿は見当たらない。どうやら今の怒号は個室の中で発したもののようで、私に向けたお叱りではないらしい。察するに電話をしながら、その相手に対して激高しているのでしょう。

ほっとするものの、でも同時に底意地は悪いものの温厚な辻神課長が、何にそこまで激怒しているのかと疑問がわく。

なのでお行儀悪くも個室のパーテーションにぺたっと頬を張りつけ聞き耳を立ててみたところ、

「そんなの、今さら遅いですよっ!!」

震わせるだけでなく、壁を倒してしまうのではないかと思うほどの勢いの怒鳴り声が私の左耳から右耳に向けて突き抜けた。自分に向けられた怒りではないとわかっていながらも、声の迫力に全身がギュッと竦(すく)んでしまう。

——こわっ！　本気で怒った辻神課長、マジでこわっ！

両手で自分の肩を抱き寄せ身震いした私に、自席の上でスフィンクスさながらのエジプト座りをしていた火車先輩が渋い表情で苦笑した。

「よろこべ、夕霞。どうやらおまえが待ち望んでいた、新規の案件だぞ」

「……いやいや、どう考えてもこれ、待ち望んでいたとか言える雰囲気じゃないですよね？」

またしても個室の中から噴出した辻神課長の怒号が、オフィス内の空気をビリビリと振動させる。

毎度ながら、今度の案件も難物そうな予感です。

3

「お恥ずかしい。私としたことが、ちょっとだけ取り乱してしまいましたね」

自分の頭を掻(か)きながら、いつもの調子に戻った辻神課長が「あはは」と軽く笑う。

私としては「あれをちょっとと言いますか」とドン引きしながら訊き返したくなるものの、そこはぐっと我慢です。

幽冥推進課で怒らせてはいけない妖怪、栄(は)えある不動の第一位は百々目鬼さんですが、二番手は間違いなく辻神課長です。普段にこやかな分の反動で、目つきが剣呑(けんのん)となると自然に背筋がしゃっきり伸びてしまいます。

ちなみに最下位は火車先輩。普段から怒り気味の人は、いざ怒ったところでたいして怖くありません。

──そんなことはさておいて。

「とりあえず私と火車先輩を揃って個室に呼んだということは、やっぱり新しい案件なんですよね？」

辻神課長の個室にある打ち合わせ用の椅子に座って私が訊ねると、自席の上で両手を組んだ辻神課長が「ええ、そうです」と鷹揚にうなずいた。

「一昨日の夕方頃、埼玉県滑川町にある国営公園内で児童の集団昏倒事件が起きたことは知っていますか？」

「あぁ……はい、知ってます。ついさっきカーラジオでそのニュースを聞きました。なんでも子どもたちが倒れた原因が光化学スモッグだったとか」

私の返答に、辻神課長の眉が少しだけ困ったように下がる。

「……なるほど。先ほど報道がなされたというのは電話で聞きましたが、そこまで耳にしているというのであれば話が早くてありがたいです。朝霧さんはそのニュースに、何か違和感を感じませんでしたか？」

「まぁ──感じましたよ。ことあるごとに環境対策が叫ばれるこのご時世、人が倒れるほどの光化学スモッグとか、あれはいったいいつの時代のニュースですか。しかもその場所が工業地帯でも都市部でもない国営の森林公園内だとか、もはや胡散臭さしか感じないですよ」

話し終えるなり納得いかず口をへの字に結んだ私に、辻神課長が苦々しく笑った。

「まったくもって私も同感です。ナンセンス極まりない。ですがその光化学スモッグの話はとある有識者が電話取材に応じて迂闊(うかつ)に口にしたひと言が一人歩きして、メディアが勝手に報道しているだけのようなんですよ。朝霧さんが変だと感じたように、児童昏倒の原因は光化学スモッグではありません。もっと別の理由です」

「はぁ……でも〝別の理由〟なんて言い方をするということは、子どもたちが昏倒した原因はもう辻神課長にはわかっているんですよね？　だったらそれをとっとと発表して、光化学スモッグなんてデマを否定したらいいかと思いますけど」

「そうもいかない理由があるんです。というか、朝霧さんも原因を知ったら公表をできない理由がすぐにピンときますよ。なにしろ運びこまれた病院で児童たちに下された診断は――八人全員とも、低血糖症だったんですから」

「……いっ!?」

つい最近に耳にしたばかりの、思うところが多過ぎる倒れたその原因に、自然と頓狂な声が漏れ出てしまった。

「いやいやいや、ちょっと待ってください！　低血糖症って、まさか……」

「ええ、そのまさかなんです。今回の集団昏倒も前回と同じく、ヒダル神による怪異です」

打ち合わせ用テーブルの上に座って、ここまでじっと話を聞いていた火車先輩もこれには「なんと、まぁ……」と、目を丸くして驚きの声を上げていた。

「あっ……それとせっかく思い出したので、実際に現場にまで駆け付けた救急隊の一人が語ってくれたお話を伝えておきますが。

時刻は夕方、鬱蒼とした森に囲まれた公園が薄暗さに包まれ始めた逢魔が時の頃合いです。通報では倒れた子どもの数は八人。一人、二人と数えながら救急車に乗せて病院にまで送り出していく。でもどうしてか、子どもの姿だけを目で追って数えてみると、何故か現場には九人いる。そのうちに救急隊員さんはあることに気がつきました。

――一人だけ、倒れていない子がいるんです。薄汚れた白いワンピース姿に、ざんばらでボサボサの髪。痩せ細った手足と、異様なまでに落ち窪んだ眼窩。

現場は蜂の巣をつついたような騒ぎになっているのに、でもその子だけはただじっとこちらを見ながら座っているだけ。そして周りで騒いでいる大人も他の救急隊の仲間も、誰一人としてその子には見向きもしない。それでやっと、救急隊員さんはわかったんです。

あの地獄絵に描かれた餓鬼みたいな少女が視えているのは、自分だけなんだ――と」

「思い出したとかいう理由で、突発的に怪談を始めるのはやめてくださいっ！」

脈絡もなく怖い話を聞かされたせいで、涙目になった私が叫ぶ。

つやつやした顔色になった辻神課長と、話を先に進めたのは火車先輩だった。

「要はその、他の人には視えなかったという九人目の子どもが、集団昏倒を起こしたヒダル神ではないかと疑っているわけだな？」

「疑いではありません。現場にいたその九人目の少女は、間違いなくヒダル神です」

〝ヒダル神です〟という断定的な辻神課長の物言いに、まだ現地になんて赴いてもいない私と火車先輩が互いの顔を見合わせてしまう。

辻神課長がこういうときにいつも口にするのが〝現場で〟というひと言だ。現場主義とでもいうべきか。現場で起きていることこそが事実だと、案件はオフィスの机上にではなく現場にあるのだと主張せんばかりに、「まずは現地の地縛霊様とお会いして、状況確認から始めてください」と言われるのが常のことだった。

それがどういうわけなのか、今回に限っては最初から断言です。

ある意味で楽といったら楽なのでしょうが、それでも腑に落ちず眉間に皺を寄せていたら、辻神課長がやや投げやり気味に自嘲した。

「実は先ほどの電話で私が激高していた理由がまさにそれでしてね。——既に一度、現場のヒダル神と、幽冥界への移転交渉をした後のようなんですよ」

「へっ？　いやいや、地縛霊であるヒダル神と移転交渉って、そんなの私たち以外のどこの誰ができるっていうんですか？」

「それがですね、地縛霊と交渉できそうな視える素質を持った職員何人かに、一部の上の方たちが私にも相談なしで目星をつけていたそうなんです」

「えっ…………え、えええぇぇっ!?」

寝耳に水、驚愕のお話に、大口を開けて仰天の叫びを噴き上げてしまう。

「ど、どういうことですか、それ！　私以外にも、地縛霊と立ち退き交渉を担当している人間職員の方がいるってことですか？」

「まずは落ち着いてください、朝霧さん。地縛霊との交渉といえども、ただの試験的なものです。それに私もつい激高してしまいましたが、上が幽冥推進課を介さず対応しようとした、その考え方自体はわからなくもありません」

「……考えがわかる、ですか？」

「はい、そうです。何事においてもバックアップの考慮というのは重要です。特に組織で業務を遂行する上においては、部署も人材も本来唯一無二のものであってはならないんです。もし代替の利かない部署が機能不全となった場合、その影響は必ず他部署にまで波及します。最悪なのは、その部署の業務がボトルネックとなり、全体の業務までもが停止してしまうことです。——朝霧さんだって理解できるはずですよ、我々の業務の遅延が他部署の仕事にまで影響を及ぼすことを」

座ったままの辻神課長からまっすぐな目で見上げられて、つい目を逸らしてしまった。もちろん覚えがないわけじゃない。特に記憶に新しいのは前回の奈良の案件だ。山頂付近から公道へと流れてきたヒダル神に現世から立ち退いてもらうまで、災害復旧の工程が停止してしまうという状況に見舞われた。ゆえに私は、苦渋の決断を下したのだ。でも、仮にもしあのとき私が長期の休暇を取得中で連絡がつかなくなっていたら。もしも火車先輩が長期の出張中でそっちの現場から手を離せなかったら。災害復旧の作業はよりいっそう遅延していたことだろう。

そんな考えを頭の中で巡らせた私の表情を見て、辻神課長が小さくうなずいた。

「BCPを考慮する上において、今の幽冥推進課は極めて厄介な部署なんです。そもそも戸籍すらない妖怪の集まりな上に、人間の職員はただ一人きり。しかもその一人は国家公務員資格を持った正規職員ではなく、特殊な才能を買われて現場採用された有期雇用の臨時職員です。イレギュラーな人材のみで構成され異色の業務を行っている幽冥推進課は、簡単に言えば冗長性を構築することのできない異端部署なんですよ。

となれば、まっとうに考えたときにとるべき手は二つです。一つは難しかろうとも、緊急時にはなんとか代理で業務ができる人材を有事に備えて育成しておくこと。

そしてもう一つは、たとえ幽冥推進課が機能不全となろうとも他部署へ波及する障害を最小限にとどめるため、幽冥推進課の業務を前もってできる限り減らしておくこと」

思わず、ギョッとしてしまった。

なんというか……今の辻神課長の話の後者の部分に、思い当たることが多過ぎた。

私が採用された半年ばかり前は、なんだかんだと日々がバタバタしていた。それはまだ右も左もわかっていなかったド新人だったからということもあるのだろうが、それを差し引いたって、死神案件をこなした後ぐらいからどうも業務量が減っていったような気がする。

不穏な想像が、いやが上にも脳裏をよぎる。

ここしばらくの間、ことさら私が暇だったのはひょっとして——。

「さらには今回、あえて幽冥推進課の職員以外に案件を対応させることにした決め手は、実は朝霧さんが作成してくださった前回の案件でのレポートなんですよ」

「……私の報告書、ですか？」

「ええ、そうです。これまで多数の案件に対処してきた結果、最初の頃と違って最近の朝霧さんの報告書は因果関係と要旨が整理され、非常に読みやすくなっていますからね。私もだいぶ楽をさせていただき、今はもうほぼそのまま上に提出しているぐらいです」

ちなみに——今回も、前回も、そのまた前も、私の作成した報告書の評価は火車先輩からはボロクソです。こんなの誰が読んでも理解できんと、そんなことを常に言われ続けてひぃひぃ言いながら毎回直してきたわけですが。

今の辻神課長の評価との乖離はどういうこった、とギロリと隣の火車先輩を睨みつければ、欠伸をしながらお得意の猫の真似でこっちを見ていないふりですよ。

ほんと後輩に無駄に厳しいなぁ、この頑固猫先輩は。私は褒めて伸びる子なので、ちゃんと上達していたら、もっと手放しでちやほや褒めて欲しいのです。

「その上で、奈良の案件の報告は本当にことさらわかりやすかったんですよ。特に地縛霊の起こす怪異が低血糖症という現代医学で名付けがされているため、怪異そのものへの納得はできないまでも、起きた現象への理解は容易かった。

ゆえに数日前に朝霧さんの報告書を読んでいた何人かは、森林公園で発生した児童の集団昏倒の原因が低血糖症だったと聞き、ピンときたらしいんです。これは先日の奈良の案件と同じではないのか、と。あのときと同じ現象、つまりヒダル神という地縛霊による公園の不当占拠事案だろう――とね」

「……なるほど」

「さらには朝霧さんの報告書には、ヒダル神に対してどう対処して解決したのかまで克明に記されていました。じっくり腰を据え、地縛霊と面と向き合い未練を解きほぐしていた他の案件と比較すると、〝ごはんを一口食べれば、飢えへの未練は晴れる〟というスキームがあるだけ、対処も簡単に感じられたんです。

問題はヒダル神と交渉できる方が糖質を摂取していない人に限るという点だったので

すが、先にお話をした万が一のバックアップ候補者の一人が、幸か不幸かアレルギー治療のために糖質断ちをしていたらしく、簡単な検討の末に、幽冥推進課なしで地縛霊案件への対処が可能かトライアルをしようということになったそうなんですよ。結果、私に何の相談もなく件(くだん)の職員さんを呼び出して事情を説明し、ざんばら髪の少女が目撃された運動広場へとコンビニのカツ丼を持たせて向かわせました」

瞬間、私の目がくわっと見開いた。

「ちょっと、待ってください」

感情を押し殺した平坦な私の声音に、辻神課長が怪訝(けげん)そうに目を細める。

——そして。

「はぁぁぁっ!?　カツ丼?　牛丼じゃなくって、カツ丼っ!?　なんですか、それ。私が書いた報告書と違うじゃないですか。そこは聞き捨てなりませんよっ!!」

髪の毛が逆立たんばかりの勢いで、辻神課長に気炎を吐いた。

「やかましい。待つべきはおまえだ、バカたれ。おまえの趣味嗜好(しこう)などどうでもいい、大事なところで話の腰を折るな」

氷点下にも達しようかというほどに冷ややかな目線を火車先輩から向けられ、牛丼を蔑(ないがし)ろにされてついエキサイトしてしまった私は我を取りもどす。

「お恥ずかしい。私としたことが、ちょっとだけ取り乱してしまいました」

と、先の辻神課長の台詞を照れ隠しでまねてみるも、今度は火車先輩だけでなく辻神課長までもがゲジゲジでも見るような目を私に向けてくる。

「……大変申し訳ございませんでした。どうぞ、話を先に進めてください」

私は椅子に座ったまま、額と膝をゴツンとぶつけるほど激しく頭を下げる。

一拍の間を置いた後、辻神課長が小さくため息を吐いてから再び語り出した。

「とにかくですね、朝霧さんと同じく糖質断ち状態だったその方は、奈良で朝霧さんがしたように一人でヒダル神に接触を試みました。そして問題の運動広場でざんばら髪の少女の地縛霊と遭遇し、手にしていたカツ丼をお供え物のごとく差し出したんですが、それを見た少女は食べたそうに涎を垂らすどころか、元から青かった顔をますます青くしたらしいんです」

「……えっ？」

「さらには『私はお腹が空かない身体だから、ごはんなんていらない！』と。『ごはんなんて、見ただけで吐き気がする！』とまで喚き散らしたらしいんですよ」

「……いや、辻神よ。それはさすがにおかしかろう。その娘がヒダル神だというならば、その正体は餓死した地縛霊のはずだ。飢えて飢えて、その果てに亡くなったであろうに、どうして食べ物を見て吐き気がするなどと言う？」

私も感じた疑問を口にして話に割り込んだ火車先輩に、しかし辻神課長はゆっくりと首を左右に振る。

「正直、その意図や真相まではわかりません。何しろ対応したのは少しばかり地縛霊が視えやすい体質なだけの、普通の職員の方ですからね。どうもその方は本物の地縛霊を目の前にして怯(おび)えて怖がり、質問や駆け引きできる状態ではなかったようです」

辻神課長が「だから専門家が必要だと、前から言っていたのですかね」とぼそりとつけ加え、らしくない意地の悪そうな表情で口の端を歪(ゆが)めた。

個人的には辻神課長の方ではなく、私はその職員さんの気持ちの方に同情します。

何しろ相手は地縛霊、紛(まが)うことなく死人なわけです。お亡くなりになった元国民様と立ち退き交渉するなんてのは、やっぱり正気の沙汰ではないのですよ。まっとうな人であればあるだけ、逆にガタガタブルブルと子羊のごとく震え、話を聞くどころではないでしょう。ソースは私。私だって初見の地縛霊さんと会うときは、まだ怖くて膝がガクガクしそうなんですから。

「とはいえ、それでも上長からの指示で対応したのでしょうから、その職員さんも必死だったのでしょうね。会話で相手の事情や情報を聞き出すことはできずとも、逃げたい気持ちを必死に堪えて『一口でいいから食べてください』と頼み続けたらしいんですよ。それでいつまでも帰らない職員に根負けし、あるいは面倒になってしまったのか、ヒダル神の少女は差し出されたカツ丼を箸で一口ほど頬張ったそうです」

ヒダル神に憑かれた者が一口ばかりの米を食べれば再び動けるようになるように、ヒダル神自身もまた一口ばかりの米を食べるだけで飢えへの未練が薄れて成仏してしまう。

それは私にとって、身に染みすぎるほどに理解している話だ。

だからヒダル神の少女がカツ丼であろうが、あるいは牛丼であろうとも、とにかくお肉とお米を口にしたのであれば、それでこの案件は解決となるはずだ。

――しかし。

「咀嚼しようとした途端ヒダル神の少女は激しくえずいて、一度は口に入れたごはんを職員の目の前で全て吐き出したらしいんですよ」

予想外の展開に、私の目が丸くなった。

「ヒダル神の少女はゲーゲーと戻しながら咳き込み、涙を滲ませ血走った目で職員さんを睨みつけると『だからいらないって言ったじゃない！』と怒鳴ったそうです。

そこが限界だったようで、職員さんは地縛霊と相対することの恐怖にそれ以上は耐えられずに悲鳴を上げて逃げ出し、その後から運動広場内で収まっていたヒダル神によるハンガーノックの発生範囲が徐々に広がり始めたらしいんですよ」

狭い眉間に深い皺を寄せた火車先輩が、小さく「ふむ」と唸った。

「つまりその職員が捧げた供物が文字通りに気に食わず、言うなれば祓いの儀式に失敗してしまったかのごとくヒダル神に障ってしまったと――そういうことか？」

「ええ、私も同じ解釈です。なにしろこの国は石ころにすら神性が宿る八百万の神の国ですからね。仮にもヒダル神と呼ばれるような存在を、素人がいい加減な気持ちで鎮めようとして失敗すれば、怒って祟りも悪化しようというものですよ」

　とまあ、ヒダル神同様に神の名付けがされている上司様がおっしゃる。

　ちょっとだけ、辻神課長が激高していた理由がわかった気がしました。

「先の理由から、今回早期の解決を目指していたこともあって、公園内の閉鎖箇所は最初は問題の運動広場だけでした。ですがハンガーノックの範囲が広がっていることがわかった時点で、関東地方整備局は公園全体の閉園に踏み切ったそうです。

　そうなって最初に騒ぎ出したのは、昏倒した児童たちの保護者でした。そもそもからして八人同時に空腹で倒れるとか絶対にあり得ないと思っていたところ、現場確認という名目での運動広場のみの立ち入り禁止だったのが、いきなり公園全部が閉鎖された。やっぱり何かバレたらまずいことがあって隠しているんだと、ＳＮＳでそんな投稿がなされ、それを目にしたメディアがネットで取材を申し込み、さらには怪しげな専門家の見解までつけ足して拙速に報道した——それが今の状況です」

　これでようやく現在の情報と繋がりましたよ。

　長かった経緯を聞き終えた私は、腕組みしながら「なるほど」と独りごつ。

　そんな私の仕草を見てから、辻神課長の表情がふと一段険しくなった。

「――朝霧さん、正直にはっきりと申します」

「なんですか、突然に」

「こうして事情を説明はしたものの、私は端的に言って、今回の案件を朝霧さんに預けていいものか悩んでいます」

思いもしていなかった辻神課長の言葉に、私は「えっ？」という中途半端な声を上げたまま表情を固まらせてしまう。

「公表できないのは地縛霊案件の常ではありますが、今回は規模の大きな国営公園の封鎖と相まってメディアが報道を始めたことで、近隣の方々の間に急速に不安が広まっています。さらには困ったことに、いまだにハンガーノックが起きる影響範囲は大きくなっていて、万が一にでも公園外にまで広がってしまえば、地域に与える混乱がどれぐらいの大きさになるのか推測ができません。

ゆえに前回ほどではなくても今回もまた、地縛霊とじっくりと膝を突き合わせて対処できるほどの時間的猶予はありません」

今回も﹅ま﹅た﹅、という言葉をあえて辻神課長が口にした意図を察せるぐらいには、私だって鈍くはない。

同じヒダル神案件で、かつ前回同様に社会的影響も大きければ時間もあまりない。つまりどんな未練を持った地縛霊であろうとも、限界となれば迅速に対処をしなければならなくなる。そしてこの場合の対処とは、ヒダル神であるがゆえにできる強制退去の手段——無理やりにでもごはんを食べさせて、現世から追い出してしまうという方法だ。

心が震えないと言えば、それは嘘になる。

怖くないなんて、口が裂けたって言えない。

奈良の少年への後悔は今も続いていて、私は手持ち無沙汰となるたびに彼が幽冥界へと消える直前に見せてくれた、あの儚くて悲しそうな笑顔を思い出してしまう。

また同じことを繰り返してしまうかもしれない。

まだまだ未熟なままの私は同じ轍を踏むかもしれない。

——だけれども。

「なあ、辻神よ。本人に選択させることが酷なときもある。だから今回の案件は、おまえからワシ一人で対応するように指示を——」

「いいえ、私がやりますっ！」

火車先輩の言葉を遮るように、私は叫んでいた。

「実のところ、私はあの日から毎夜同じ夢を見ているんです。それはヒダル神だった彼が、寂しさも悲しさもない満面の笑みを浮かべながらこの世を去る、そんな夢です。でもそれはただの夢であって、現実ではない。もう絶対に現実では起こりえないことなんです。正直に言って、後悔も無念も溢れんばかりです。あの夜からもうずっと私の心は押し潰されそうで、少しでも気を抜けばぼきりと折れてしまいそうです。でも——だからこそ、私にこの案件を任せて欲しいんです！」

口から唾を飛ばしながら、最後は椅子から立ち上がって辻神課長を見据えた。

その私の目を、逆に突き刺さんばかりの勢いで辻神課長が睨み返してくる。

「朝霧さん、一つだけ——仕事というのは、あなたが成長するための道具ではない。特に私たちの業務は公共の利を得て、国民のために尽くすものです。決して自分のためにするものなんかではありません」

「わかっています——いえ、わかっているつもりです！」

一歩前に進んで、自席に座ったままの辻神課長を見下ろす形に立った私は、叫びながら両手を辻神課長の机の上へと叩きつけた。

「私の職掌は、国土を不当に占拠してしまった地縛霊様に幽冥界へとご移転いただき、国民のために国土の利活用を促すことです。ですが同時に、その去るべき地縛霊だって元とはいえども国民様なんです。全体の利を侵さないぎりぎりのところで、ただ一人の国民にもしっかりと尽くしていく。それはただの理想かもしれませんが、それでも目指すべき義務なのだと私は思っています。

先のヒダル神の少年のとき、私はその義務を果たせませんでした。ですが果たせなかったからこそ、私は本当に多くのことを学びました。ならばその失敗を次の業務に繋げていくことこそが私の責務と考えます。彼を心からの笑顔で送ってあげられなかったからには、次に担当する元国民様にはその分もさらに上乗せした笑顔で送り出せるよう、失敗の経験を活かすんです。それが彼の無念を私が活かせる、唯一の方法なんです。

本当ならもっと長く苦しむだろうと思っていました。あのときの無力さを胸に刻み、日々辛酸を舐めて力をつけつつ、虎視眈々と挽回の機会を窺いつづけるのだと、そう思っていました。ですがこんなにも早く同じヒダル神案件が発生するなんて……火車先輩が譲れと言ったって、絶対に譲りません。先の彼のためにもこの案件は私が対処し、そして今度のヒダル神の少女は、私が絶対に笑顔にして幽冥界へと送り出します」

心の赴くままに従った長い吐露を終え、私はドスンと椅子に腰を落とす。

話の間中ずっと私を睨み上げていた辻神課長の目尻がふと緩んだと思ったら、そのますっと頭を下げた。

「どうやら火車に続き、私までも朝霧さんを侮辱してしまっていたようですね」

泣いた烏がなんとやらではないが、再び頭を上げた辻神課長の表情からはさっきまでの険がとれていて、いつもの穏やかな微笑に戻っていた。

私は僅かに呆気にとられるものの、すぐにニカッと歯を見せて笑い返す。

「ええ。二人とも、ちょっとばっかり私を見くびり過ぎなんですよ」

得意気な私の表情を横目に、やれやれとでも言わんばかりに火車先輩が苦笑した。

「さて、それではあらためまして——朝霧さん」

「はい」

「今回の案件は、国営武蔵丘陵森林公園の運動広場に不当に居座っている餓死した地縛霊、すなわちヒダル神と化した少女の幽冥界までへのご移転案内です。地域住民の心情などを考慮した諸々の事情から、納期は延ばしても数日というところでしょう。決して易しい案件ではありませんが、あなたならば問題なく対処できると信じています。ですからこの案件、頼みましたよ」

「はい、わかりました！　この案件、必ず私が解決してみせます！」

再び舞い込んできたヒダル神案件に、私はそう高らかと宣言した。

4

とまあ、大見得切ったからには今は一分一秒が惜しい。何しろ諸々の事情から猶予はないと釘を刺されている案件です。

そのため火車先輩の首根っこをつまんで運ぶと、そのまま公用車の助手席へと放り投げてから、私はハンドルを握って急いで現地へと向かう。

前回は吉野のお山を越えての片道一〇時間以上かけての大移動でしたが、今回は新橋から車で片道一時間半の距離となる埼玉県の滑川町が現場です。おかげで昼下がりである今なら夕方前には到着できそうなので、まずは現地確認ですよ。

ちなみに現場である武蔵丘陵森林公園は、国土交通省管理下の国営公園。そのため公園敷地内に、なんと関東地方整備局の「国営武蔵丘陵森林公園出張所」があったりする。

現地の地理に明るい職員さんがいてくれるのは非常に助かる——なんて思ったものの、今はヒダル神によるハンガーノックの範囲がどこまで広がるか不明のため、公園と併せて出張所も閉鎖されていて、園内に仕掛けたカメラを使っての遠隔監視のリモート業務中だそうです。

「夕霞よ。問題の運動広場を調査するのなら南口の駐車場から入ったらいい、という旨のメールが来ておるぞ」

どうもそのリモート中の職員さんと辻神課長が今もなおメールで情報のやりとりをしているらしく、宛先ＣＣに入っている火車先輩が助手席にシートベルトで括られながらも器用にタブレットＰＣを操作し、リアルタイムで私に情報を伝えてくる。

「わかりました、南口ですね」

ナビを確認しながらメールの助言通りに公園の南側へと車を走らせると、やがて大きなアーチ状の看板とともに駐車場の入り口が見えてきた。

アーチの下には車両通行止めのバリカーが立っていたので、いったん車を降りて自分でよっこらせとステンレス製のポールを地面の中へと下げる。それから交通法規の鬼たる火車先輩に睨みをきかされつつ、誰もいない駐車場内に徐行で進入した。

軽く数百台は停められるだろう広大な駐車場内を、アスファルトの上に描かれた矢印に従ってゆっくり進んでいく。公園が閉鎖されているので当たり前だが、このだだっ広い駐車場内に車両は私が運転する一台だけ。どことなく人間のいなくなった終末の映画のイメージが脳裏によぎるぐらいには、異様な光景だった。

「……それにしても、なんとも立派な公園ですね」

「なにしろここは日本最初の国営公園だからな。開園した一九七四年当時の力の入れようは、まあなかなかだったぞ」

私の生まれるずっと前のことにしれっと言及する火車先輩の言葉は、深掘りすれば面倒臭そうなのであえて気にしないようにして、私は駐車場内でも入園ゲートにほど近い付近に公用車を停めた。

サイドブレーキを引き、エンジンを切って一息つくと、

「——よし、やるぞ！」

これから案件に向かうべく、私は両手で自分の頬をペチリと叩いて気合いを入れた。

「その意気やよし！　だが案件前に安全確認とKYは必須だ。チェックするぞ」

「はい！」

「夕霞よ、まず今日の昼食は何を食べた？」

「大豆丼です」

「今日の朝餉と昨夜の夕餉は、それぞれなんだった？」

「私の朝はいつももやしで、昨日の晩ごはんもまた大豆丼です！」

「案件中に小腹が空いてしまい、どうしても間食したくなったらどうする？」

「間食なんてする余裕があれば、我慢して今夜の夕飯を牛丼にします！」

「確認ヨシ！　ではご安全に行ってこいっ！」


……火車先輩のノリに合わせて付き合ってはみたものの。なんですか、私の貧相な食生活をさらしものにする、このバカみたいなやりとりは。

近づいただけで体内のグリコーゲンが枯渇しハンガーノックとなってしまうヒダル神と接触する以上、摂取食品での糖質カット状況を事前に確認するのが大事なのはわかりますが、もっと他に方法があるのではとも思いますよ。

でもまあ、とりあえずは気を取り直し。

私がワイヤレスイヤホンを耳にひっかけると、火車先輩が小さなイヤーパッドを尖った耳の中に放り込み、不思議な格好でヘッドセットを装着した。

というのも前回の失敗を踏まえて、今回は火車先輩は公用車で留守番です。初見の地縛霊と一人で相対するのは一抹の不安があるものの、でも前回同様に倒れてお荷物になられても困るだけなので、そこはやむなしでしょう。

とりあえずは胸ポケットに入れたスマホ経由で火車先輩との回線を繋いだままにすると、私は一人で公用車を降り、ログハウス調の公園内の入り口ゲートへと向かった。

無人のゲートを手で開けて中に入れば、大きな公園であればたいていどこにでもある園内全体を描いた大きな案内看板がすぐ左手側に立っていた。

案内図を見るに、運動広場は縦長の公園内をここから四分の一ほど進んだ場所にある。道も複雑ではないし、なんといっても同じ公園内だし、これはすぐ着くなと思って歩き出したところ——舗装された道の端に〝運動広場まで二〇分〟と標記された別の看板を見つけて、思わず「ぶっ」と噴き出してしまった。

『おい、どうした？』

私の声に反応し、ワイヤレスイヤホンから火車先輩の声が届く。

「いや、その……カーナビで見ていたときから、でかいでかいとは思っていましたが、この公園どんだけ広いんですか？」

『確か東京ドーム換算で約六五個とか、何かに書いてあったな』

……出ましたよ、日本人が大好き東京ドーム換算。そうは言われても野球全盛期の世代から随分遠くなってしまった私には、それがどんな大きさなのかまったくピンとこないのです。むしろ実のところ東京ドームさんが思ったより小さいんじゃないかと邪推すらしそうです。

とにかくここから運動広場まで歩いて二〇分。それでも南口に回るようにメールで教えてくれた方には感謝です。なにしろ北口からだったら地図で見る限りはざっくり四倍の距離、すなわち一時間二〇分のコースです。町一つぐらいなら、もうこの公園内にすっぽり入っちゃうんじゃないですかね。

……冷静に考えると、確かにこの広さの範囲でハンガーノックが起こりだしたら、それはもはや災害レベルです。

今回の案件のヤバさを感じながら、私はあらためて運動広場に向かって歩き始める。

さすがは国営公園だけあって遊歩道は舗装されて綺麗に整えられている。おまけに森林と名を冠するだけあり、道の左右は鬱蒼とした森が延々と続く。九月という時節柄のためまだまだ葉は青々としているものの、あと一月もすればきっとさぞ綺麗な紅葉に囲まれた道となることでしょう。

そんなことを思いながら緩やかな坂が続く遊歩道を歩き続けること、本当に二〇分。やっとこ〝運動広場まで五〇メートル〟という標記の看板を見つけた。

だが看板の指す方向は森の中。藪の中へと伸びた道は獣道のようであり、「本当にこっちであっているの？」なんて思いながら進んでいたら、ぱぁっと視界が開けた。

いきなり眼前に広がったのは一面の芝生だった。

広くてなだらかであまりにも鮮やかな芝生の広場だったので、つい「おぉ」という感嘆の声が漏れてしまう。たぶんこの運動広場だけで、件の東京ドームが二、三個は入るんじゃないですかね、なんて思うほどの広さだ。

「さて、ここが問題の広場なんでしょうけれども」

今回の事案を起こしているヒダル神の少女がどこにいるのか、目を皿にしてぐるりと辺りを見渡してみるも、とにかく広い。

こりゃ広場の中をあちこち歩き回らないと見つからないかな、と思ったところ、

『ヒダル神は平地に出る例もあるが、基本は険しい山の奥に出る。その広場に山のようなものはないか？』

状況を察したらしい火車先輩から無線越しにアドバイスを受け、私は山らしきものを目印にもう一度広場全体を睨め回してみる。

――すると。

「あっ……はい。たぶん、見つけました」

まだ遠目なので、はっきりとはわからない。

でも運動広場の一角に設けられた山のような形をしたエアートランポリンの上に、少女らしき人影が座っていた。

5

ぽんぽこマウンテン――それがなだらかな芝生の運動場の端に聳(そび)えた、エアートランポリンの名称でした。エアートランポリンとは、要は厚手のビニールの内側にたっぷり空気を詰め込んで膨らませた、子どもたちがぴょんぴょん飛び跳ねて遊ぶ、昔のデパートの屋上なんかによくあったあれですよ。

説明書きを見るにこのぽんぽこマウンテンは日本で一番大きなエアートランポリンで、名前からしてもまんまお山がモチーフらしく、なだらかな三角形に形作られている。

その標高はおおよそ四メートル。奈良の険しい山地とは比べようはないものの、それでも確かに山に見えるその山頂に、ヒダル神であるらしい地縛霊の少女が座っていた。

歳(とし)の頃はおそらく小学校低学年ぐらいだろう。肩までの長さの髪にはいっさいの艶がなく、着ているのは襟や裾がボロボロにほつれた白いワンピースだ。

奈良の少年は服装からしてあからさまに時代がかっていたが、この少女は亡くなってからそんなに年月は経(た)っていないように感じられた。むしろ児童の昏倒事件が起きたのが三日前であり、それ以前はこの広場で普通に子どもたちが遊んでいたことを考えると、亡くなったのはつい最近と考えたほうがスジが通る。

ちなみにこの運動広場で過去に亡くなった子はいないと、既に判明している。だったらどうしていきなり広場の中に地縛霊が出現したのか。奈良のときは地滑りが原因だったが、固定された大きなエアートランポリンの上に地縛霊が居座っている以上、似たような理由は考えにくい。それを探るのも、私の仕事の一つだった。

『おい、どうした？　もうヒダル神とは接触したのか』

「あっ、いいえ。まだです」

ワイヤレスイヤホンから聞こえてきた火車先輩の声で、考え事を中断する。

あらためて、エアートランポリンの頂の上に座った少女を見上げる。

細枝のような腕で枯れ枝のような足を抱えて体育座りの姿勢をとり、目は虚ろで頬は頭蓋骨の形がわかるほどにこけている。同じヒダル神なので当然なのかもしれないが、それでも服装以外は醸し出す雰囲気も外見も、奈良の彼とあまりに酷似していた。

奈良でのことが脳裏をよぎって私の心の弱い部分をちくちく刺激してくるが、頭を左右に振って気持ちを入れ替える。

「えっと……それらしい子が目の前にいますので、これから話をしてみます」

『わかった。慎重にな』

火車先輩の声に静かにうなずくと、私はエアートランポリンを囲む柵に取り付けられた『土足禁止』の看板の横でパンプスを脱いだ。そのまま彼女のいるぽんぽこマウンテ

ンの山頂を目指し、ビニール張りのエリアに一歩を踏み出した瞬間、

「私はごはんなんて、いらないからねっ！」

頭上から、いきなりヒステリックな声が降ってきた。

見上げれば、少女が剣呑な目で私を睨みつけていた。その目つきの険しさに、思わず「げっ……」という声が漏れ出てしまう。

私の前に接触をした職員さんは、食べたくないと嫌がる彼女にむりやりお願いして、カツ丼を食べてもらったらしい。しかもえずいて吐き出されると、その様に恐怖して一目散に逃げ出してしまったとか。

――それはまあ、こじれますわな。

頬がこけているせいもあって鋭い印象があり、少女の顔つきは確かにおっかない。だから逃げた職員さんの気持ちもわからなくはないのだけれども、でも頼まれたからしかたなく食べたというのに、それで吐いて苦しんでいる姿を見て逃げられたら、そりゃあ業腹でしょうよ。

私は頬が引き攣りそうになるのを堪え、ぎこちないながらも笑みを浮かべた。

「ねぇ、君！　ごはんなんていらないって言ってもさ、お腹は空いてるんでしょ？　なんだったら、君が食べたいものを用意してあげるよ！」

警戒しているだろう彼女の気持ちを考慮してそれ以上は近寄らず、私はぽんぽこマウ

ンテンの麓から山頂を見上げる格好で声を張り上げた。

睨めば前の人のように私も尻尾を巻いて逃げると思っていたのか、少女がちょっとだけ意外そうに目を見開いた。でもすぐにムッとしたように眉間に皺を寄せる。

「私はもうお腹なんて空かないのっ！　だから何も食べたくないから、ごはんなんていらない！」

「……またまたぁ、お腹が空かないわけがないでしょ」

似たような台詞を少し前に耳にした気もするが、努めて平静を装う。

――しかし。

「本当だものっ！　だって私はずっと心のなかで神さまにお願いしていたんだから。

――どうか私を、ごはんなんて食べなくてもいい身体にしてください、って。

そうしたら願いが叶って、私はほとんどお腹が空かない身体になったの！　ごはんなんて気持ち悪くて口の中にも入れたくないし、ごはんを見てるだけでも吐き気がするんだから！」

「………えっ？」

一瞬、何を言っているのかがわからず、私の口が半開きのまま固まった。

「だから私はもう、ごはんなんていらない。私にごはんなんて必要ない。私はごはんを食べなくてもいい子なんだから。ごはんを食べることのない、とてもいい子なんだから。

子どもだからって食事の用意をしてもらう必要がない、私は手のかからない育てやすい子になったんだからっ!!」

最後はまるで誰かに訴えるかのように、強く強く叫んだ。

私は一応は心霊のプロではあるものの、心療は完全なる門外漢だ。でもそれでも、彼女の言っている「ほとんどお腹が空かない」や「ごはんを見てるだけでも吐き気がする」というのが本当のことなら、それが正常な心の状態ではないのは容易に想像がつく。

摂食障害――しかも過食ではなく、拒食の方。

例の職員さんが、彼女にカツ丼を食べさせようとして失敗したのも納得だ。彼女はごはんを食べられないのだ。必死で頼まれて食べてあげようとしても、それを心が受けつけなかったわけだ。

一口食べれば飢えの未練が晴れて成仏してしまう、餓死者の地縛霊たるヒダル神――でも彼女はその対策手段が通用しない、拒食症を患ったヒダル神だった。

気がつけば呆けていた私に、何故か得意げな面持ちで彼女がニタリと笑う。

「驚いた？　――ねぇ、すごいでしょ。私はもうお腹が空かない子になったんだよ。だからこれできっと、お母さんだって家に帰ってきてくれるようになるんだから」

瞬間、私の心臓がドキリと大きく跳ねた。

頬のこけた彼女の顔と、やはり頬に肉などなかったヒダル神の少年の顔が、私の目の中でぴたりと重なった。

──父親と、母親の違い。

それから迎えに来るというのと、帰ってくるという違い。

両者の違いはあれども、それでも今の彼女の言葉は自分のお腹が空かなくなればお父さんが迎えに来てくれると信じていた、あの彼の言葉とあまりにも似ていた。

胸の奥が挟られそうになる感覚に耐え、私はおずおずと訊ねる。

「……あなたのお母さんは、あなたがごはんを食べなくなったら、家に帰ってくるようになるの？」

私の質問に、これまで険しかった彼女の表情が、まるで花でも咲いたようにパッと明るく切り替わる。

「そうだよ！　だって私がごはんを食べなくなったら、それだけお金がかからなくなるでしょ。ごはんを作る手間だっていらなくなるし、私が手のかからない子になればなっただけ、お母さんはお仕事を減らせるんだから。そうしたら無理に一日中働かず、何日も家を留守にしなくたって、もっと家にいられるようになるんだから」

私の顔から、血の気が引いた。

この子は自分がごはんを食べなくなったら、お金がかからない子になったら、楽になったと喜んで母親は家に帰ってくるという。

逆に言えば、そうなるまでは母親が帰ってこないということだ。

子どもがごはんを食べるうちは、お金がかかる上に作るのも面倒だから帰ってこないと、そういう意味だ。

――虐待。

その二文字が私の脳裏に浮かび、ごくりと喉が鳴った。

「……ねぇ、それって本当なの？　あなたのお母さんが、そう言ったの？」

「嘘じゃない、本当だよ。だって久しぶりに帰ってきてくれたお母さんに『もっと家にいて』ってお願いしたら、買ってきてくれたパンを投げながらこう言ったんだもの。『あんたを食べさせなくちゃならないから、私がこんなに働かなくちゃいけないんだろっ！　私に帰ってきて欲しかったら、お腹なんて空かせるなっ!!』――って。

だからね、こうして私が食べなくなったから、お母さんは楽になるの。それで仕事を減らして、それから夜の仕事だってやめて、これからはちゃんと家に帰ってきてくれるようになるんだから」

最初の険しかった顔つきが嘘のように、彼女は嬉しそうにお母さんのことを語る。

――目眩がした。くらくらとして、その場で膝から崩れそうになった。

そんなこと……あるわけがない。あろうはずがない。

子どもがごはんを食べなくなったので、これでお金がかからなくて済むようになったと、作る時間も不要になって助かったと、そんな風に嬉々として考えながら一生懸命子育てに勤しむ母親なんて存在するわけがない。

そんな気味の悪いお伽話みたいなハッピーエンドは、現実にあるはずがないのだ。

笑顔を浮かべながらも、少女の目はどこか遠くに向いていて虚ろだった。

虚ろで濁り、そして焦点が合っていなかった。

おそらく死の間際、彼女も極度の栄養失調の中でまともに思考することなんてできなかったのだろう。そんなところまでもが、あの少年と被ってしまう。

あぁ……どうして、この子たちはこうなのだろう。

なんでこの子たちは親に『ちゃんと食べさせて』と、言わなかったのだろうか。

——それはきっと、彼女たちが親の窮状をわかっていたからだ。

親が生活に苦しんでいるのを目の前で見て知っていたから、言えなかったのだ。

子どもだからまだ力がない。世の中の仕組みもわからないし、働くことだってできない。生活を支えることなんてとても無理で、日々ボロボロになっていく親を見ながら、それでもなお親に縋って生きていくことしかできない。

だから、ただじっと我慢をする道を選んだのだ。

我慢をすることで少しでも親の負担にならないようにと身を縮こめ、そして彼女は自分と血の繋がった母親にお腹がいっぱいになるようごはんをちょうだいと願うのではなく、どこの誰とも知れない神さまなんぞにお腹の空かない身体のほうを願ったのだ。

――でも。

それはきっと幸せになれる道なんかじゃない。

子は親の鏡という。子を見ることによって、親はきっと自分の姿をそこに見る。そして我慢をするだけの子どもの姿は、同時に我が子に我慢を強いることしかできない親の姿をまざまざとその目に映し、少しでも心ある親なら己の情けなさと惨めさを思い知ることになるだろう。

ひょっとしたらそれが原因で、もう子どもと向き合いたいと思う気持ちすらなくなるかもしれない。

だから本当は、一緒になってともに乗り越えるべきなのだ。

お金がなくて仕事も辛くて、でもだからこそ、我慢も半分こで空腹もまた半分こ。親とか子とか、そんな些末なことはどうでもいい。共に暮らす者同士として、生活力とか経済力ではなく、互いの心で支えあっていく――そう考えるべきなのだ。

いたたまれなくなった私は、もう彼女の気持ちを気にかけもせずエアートランポリンの山を一気に駆け上がった。

突然の私の挙動にヒダル神の少女がびくりと肩を跳ねさせて怯えるも、それでも私は少女の隣へとにじり寄らずにはいられない。

既に地縛霊となっている彼女を、私は抱きしめることはできない。だがそれでも、空腹を我慢し続けることで親を助けようとし、拒食症にまでなった彼女の隣に、私は寄り添いたかった。

遠慮会釈もなく凄い勢いで隣に座ってきた私に、彼女があからさまに警戒した表情を浮かべる。

でも私はそれすら無視して同じ体育座りをすると、彼女に向かって力なく微笑んだ。

「実は私ね、つい最近、君によく似た子と会ったの」

「えっ？」

「あなたはお母さんの帰りを待っているのだろうけれども、その子が待っていたのはお父さんだった。お腹が空いて泣くと家族が辛くなるからってね、その子はお父さんに山の中に置いていかれたの。だからお腹さえ空かなくなったら、きっとお父さんが迎えに来てくれるって、必死で空腹に耐えて自分のお腹が空かなくなるときを待ち続けてた」

眼窩の奥に隠れそうだった彼女の目が、驚きで見開く。

「……それで、それからどうなったの？　その子のお父さんは、ちゃんと迎えに来てくれたの？」

一拍の間を置いてから、私は静かに首を左右に振った。

「彼女のお父さんはね、迎えには来なかった。というよりも、最初から迎えに来ることなんてあり得なかった。彼のお父さんが言っていた『お腹が空かなくなったら』という言葉の意味は、生きている間はそんなことはできないって意味だったの。無理だからそんなことにこだわらず、どうか家族のことを忘れて一人で生きる道を探して欲しい、というそんな想いが込められていたの」

私が嘘偽りのない事実を口にするなり、少女の目線がすとんと足元に落ちた。

そして骨に皮が直接張りついているんじゃないかと思うほど細い指をぐっと握って、彼女が拳を震わせる。

「私のお母さんは、そんなことないもんっ！　嘘なんてつかないし、私のお腹が空かなくなったら、絶対にお仕事を早めに切り上げて帰ってきてくれるんだからっ!!」

カラカラの目尻をかすかに潤ませて、少女が叫ぶ。

「お母さんはね、私を毎日蹴っ飛ばしていたお父さんから助けてくれたんだから！　もうお父さんに殴られたりしないようにって、病院から退院した帰り道に私を連れて、お父さんから逃げてくれたんだから！　お母さんのこと、嘘つき呼ばわりなんかしたら絶対に許さないから！」

最初に会ったときよりもなお険の籠もった目で、少女が私を睨みつけてくる。

「私のお母さんは凄いんだからねっ！　一生懸命仕事しながら一人で私を育ててくれて、お父さんにも他の大人の誰にも頼らず、仕事が忙しくたって頑張ってたまには家に帰ってきてくれるんだもの！　だから……だからお母さんは、私を捨ててどこかに行ったりなんて、するわけがないの！　私のお腹が空かなくなりさえすれば、すぐにでも帰ってきてくれるんだもんっ!!」

それ以上はもう堪え切れなかった。勝手に「あぁ……」という呻（うめ）きが漏れて、私の眦（まなじり）には涙が溜（た）まっていく。

彼女の母親への想いが痛いほどに伝わってくる。

しかし、そうであっても――彼女はもう、生きてはいないのだ。

私の目の前で、お母さんは自分を見捨てないと信じ訴えているこの少女は、既に餓死しているのだ。大人に守られなければまだ生きていけない年頃の少女が、もはや飢えて亡くなっているのだ。

その意味するところを思うだけで、彼女にかける慰めの言葉など何も出てこなかった。

ゆえに私はこの先のために、訊かなければならないことを淡々と口にした。

「ねぇ、あなたの名前を教えてくれる？」

「……どうして私の名前を、知らない人に教えなくちゃいけないの？」

少女が嫌そうに目を細めて、あからさまな不信感を私に向けた。

でも今の私は、その程度のことではもう微塵（みじん）も怯（ひる）まなかった。

「私と私の職場の同僚たちであれば、家に帰ってきていないあなたのお母さんが、今どこで頑張って働いているかを調べることができるかもしれない。お母さんの働いている場所がわかれば、あなたがもうお腹が空かなくなったと伝えられるから、すぐにでも帰ってくることができるでしょ？　そのためにも――あなたの名前を教えて欲しいの」

お母さんの話を出したことで、少女の表情が戸惑いに変わる。

彼女の顔を見つめる私の目を、子どもながらにも真意を探るようにしてじろじろと覗(のぞ)き込んでくる。

やがて吊り上がっていた彼女の目尻がゆっくりと角度を落とし、

「……深瀬美乃梨(ふかせみのり)」

そっぽを向きながら、ぽつりと名前をつぶやいた。

「そう、あなたの名前は深瀬美乃梨ちゃんだね」

私が声に出して繰り返すなり、即座に火車先輩がどこかに電話をかけるのがワイヤレスイヤホン越しに伝わってきた。私が名前を聞き出した意図を察し、早々と動き出してくれている。これなら警戒する美乃梨ちゃんから、無理に母親の名前まで聞き出す必要はないだろう。

「わかった。それじゃお母さんのことも調べてから、また来るね」

私がそう告げて立ち上がると、ヒダル神の少女――美乃梨ちゃんは何かを言いたそうに口を開きかけるも、やっぱりやめて抱えた自分の膝をいっそう抱き寄せた。

母親の話を方便に美乃梨ちゃんの名前を聞き出したことに、少しだけ罪悪感がないわけでもない。

だからこそ、やれるだけのことは絶対にしてあげるつもりだった。

もう誰も、中途半端な笑顔で幽冥界に送ったりなんてしない。

同じ後悔を繰り返す気なんて、私にはなかった。

6

美乃梨ちゃんの調査報告の速報が入ってきたのは、翌日の夕方のことだった。

辻神課長の個室内の固定電話が鳴って、壁の向こう側から漂ってくる気配でなんとなくそれと察した。

深瀬美乃梨ちゃんの母親の名は、深瀬美穂（みほ）さんというらしい。

——美穂と美乃梨。美乃梨ちゃんの名前はお母さんが考えたのではなかろうかと、そんな気がした。

調査の結果、深瀬親子は母子二人の家庭だったと判明している。とはいえその状況を把握するまでに、それなりの苦労をしたのだそうだ。

まず二人の住民票は森林公園の近隣の市町村にはなかった。美乃梨ちゃんが地縛霊である以上、森林公園からごく近いところに住んでいると当たりをつけたらしいのだが、深瀬美乃梨という少女の住民登録が近くの役場に問い合わせても出てこなかった。だから県内全ての市町村にまで住民票の調査範囲を広げる一方、年齢を考慮し森林公園の周辺にある小学校に虱潰しに問い合わせた。すると、深瀬美乃梨という名前がヒットしたのは後者だった。

やはり森林公園からほど近い小学校に、美乃梨ちゃんは通っていたわけだ。

これで美乃梨ちゃんの住所が判明すると思われたのだが、学校に登録された美乃梨ちゃんの家の住所は架空のものであったことが判明する。一見すると学区内の普通の住所だが、実際には存在していない番地であり、登録のときに母親から提出された家の場所を示す地図もでたらめだった。

美乃梨ちゃんの住所が不明――そのことを学校側が把握したのは、今月の半ば頃だったらしい。

夏休みが終わって二学期になってからも美乃梨ちゃんが登校して来ないため、学校は保護者である母親の美穂さんへ電話をかけたのだそうだ。だが電話にいっこうに出る気配がない。だから担任教師と副校長が連れ立って自宅を訪ねようとしたところ、そこではじめて美乃梨ちゃんの家の住所が虚偽のものだったと気がついた。

もともと美乃梨ちゃんの家庭環境が大変なことは、学校側も理解をしていた。美乃梨ちゃんが転入をしてくる際、前の学校の在学証明書がなかったのだ。そのためこのままでは受け入れできないと説明したところ、母親の美穂さんは美乃梨ちゃんを父親の虐待から庇(かば)うために、夜逃げ同然で逃げてきたことをしぶしぶと語った。結果として、とても書類の準備などできなかったのだそうだ。

前の学校の関係者は逃げてきた土地の人であるためどうしても連絡をとりたくないという母親に代わり、今の学校側が事情を説明して内密にと伝えつつどうにか在学証明書を用意した。そして引っ越し直後で大変だろうからと形の上での配慮で、住民票の提出は後日ということにし、美乃梨ちゃんの転校を受け入れたのだ。

杓子定規(しゃくしじょうぎ)に対応すれば、書類がないからと学校側ははねつけることもできただろう。でもその結果、学校に通えなくなるのは美乃梨ちゃんだ。美乃梨ちゃんの将来を考えて多少のことには目をつぶり、学校は転入を受け入れたのだと思う。

だから学校側の責任を問うような真似はしたくはない、というのが調査をした方々の総意だったらしい。

学校側も学校側で、美乃梨ちゃんが学校に来ていないのに保護者が電話に出なければ住所もわからないで困っていたところ、深瀬美乃梨という少女を探しているという連絡が役所からあって、渡りに舟と事情を説明したのだそうだ。

その情報を得て、調査担当の職員さんたちは母親が登録していた番地の存在しない架空の住所と同じ名前の町内で、聞き込みを始めたらしい。というのも夏休み前までは美乃梨ちゃんが学校に通っていたのは間違いないわけで、虚偽の住所からかけ離れた場所に住んでいたらもっと前に誰かが気がついているはずだ、と考えたからだ。すると予想通り、同じ名称の町内で美乃梨ちゃんらしき子が住んでいるというアパートが見つかった。

同じアパートに住んでいる方の話では、その母子が引っ越してきたのはおおよそ一年前だという。暮らし始めの頃は母親の姿もよくみかけたらしいのだが、最近は一日中仕事をしているのかまったく姿をみかけなくなり、いつも同じ白いワンピースを着て学校に行く美乃梨ちゃんだけが夏休み前まで目撃されていた。

すぐにアパートの大家と連絡をとり、先月分の家賃が振り込まれていなくて困っているという愚痴を聞きながら、事情を伝えて部屋を開けてもらう。

——そして。

「山ほどのゴミ袋が置かれたリビングの片隅で、胎児みたいに身体を丸めて亡くなっていた美乃梨ちゃんの遺体が発見されたそうです」

それはこの調査において、最初から決まっていた結末だった。

ヒダル神に——つまりは餓死した地縛霊になっている以上、どうしたって美乃梨ちゃんが生きているはずはない。

辻神課長の個室の中で美乃梨ちゃんの辛い顚末を聞いたとき、それでも私は肩を落とさずにはいられなかった。

「……学校にさえ住所を偽っておったのは、きっと父親に住所がばれたさいに娘を連れて逃げる時間を稼ぐための方便だったのだろうな。二人で暮らし始めたときには必死で娘を守ろうとする様が垣間見えるのに、しかし娘のために吐いたであろうはずの嘘が最後は飢えた娘の発見を遅らせるとは……なんとも皮肉な結末だな」

誰にともなくつぶやいた火車先輩の言葉に、辻神課長が小さくうなずいてから先を続ける。

「給食がなくなった夏休み期間中から、美乃梨ちゃんは何も食べていなかったと推測されます。というのも九月であるこの時分、本来なら数日で腐り始めるはずの遺体が即身仏のように綺麗に残っていたというんですよ。おそらく長期間の絶食で、体内の脂肪分と水分がほとんどなくなっていたからでしょう。

餓死をした方の部屋には、ときに畳すら食べようとした形跡があると聞いたことがあります。でも美乃梨ちゃんの部屋の冷蔵庫にはまだ腐った野菜クズや、調味料なども残っていて、シンクには干からびた嘔吐物もあったそうです。朝霧さんの話とも整合します。末期の彼女はたぶん、拒食症に近い疾患を発症していたのだと推察されます」

あぁ——という湿った吐息が、私の口から漏れる。

おそらくは電気も水道も止められていたであろう部屋の中、彼女は床にへばったままの状態で「もうお腹なんて空かないの」「神さまに頼んだから、これからはごはんなんて食べなくてもだいじょうぶ」と、自らに言い聞かせ続けたのだろう。

そして最後は瞼(まぶた)の裏に浮かんだ母親に「だからお仕事を終えて、早く帰ってきてね」と、何度も呼びかけながら息を引き取ったのだと思う。

その様が、まざまざと想像できた。

「……美乃梨ちゃんのお母さんは、その部屋にはいなかったんですよね？」

「はい、母親の姿は確認されていません。部屋の状態からしても、少なくとも一月以上は帰ってきていないと思われます」

「捜索はされるのでしょうか？」

端的な私の質問に、辻神課長は静かに首を左右に振った。

「我々は国土交通省の職員であって、警察ではありません。今回の調査はあくまでも、ヒダル神との立ち退き交渉を進める業務の一環です。私たちには美乃梨ちゃんの母親を探すほどのリソースもなければ、人探しのノウハウだってないんです」

「でも遺体があった以上、警察は動きますよね？」

「美乃梨ちゃんと母親が同居をしていた以上、ほぼ間違いなく保護責任者遺棄罪の容疑にあたります。ですが警察が捜索を開始したからといって、それでも一ヶ月以上も行方不明となっている相手が一朝一夕で見つかると思いますか？」

「……今回のことが報道されれば、自分のしでかしたことの重大さを理解した母親が自首してくるかもしれません」

「残念ながら我々に依頼された案件が遂行されるまでは、美乃梨ちゃんの餓死事件が報道されることはありません」

自然と出た「えっ？」という私の問いに、返答をくれたのは火車先輩だった。

「そうか……報道規制されるのだな」

「そうです。美乃梨ちゃんの死体が見つかったアパートが、問題の森林公園からあまりに近過ぎるんです。児童八人がいっせいに昏倒した情報が出回っている最中に公園全体が閉鎖されたことで、ネットでは怪しい流言飛語が飛び交いだしています。本当なら訂正の情報を流して事態を鎮静化したいのですが、明かすべき真相がヒダル神によるハンガーノックではそれもできません。ただ黙すしかできないこの状況下で、公園からごく近いアパートで児童の死体が発見されたなどという追い打ちのような報道がされれば、近隣にお住まいの方の不安はどれほどのものになるか。お子さんを持たれている家庭で、親がパニックを起こしたって不思議はありません」

——美乃梨ちゃんにとって、それはある意味で残酷な話だった。

行方不明である母親の美穂さんに、美乃梨ちゃんの状態を訴える最も強い方法はおそらく報道だ。全国規模で報道がされれば、娘が餓死した情報をどこかで目にする可能性は極めて高いと思われる。そうなれば自責の念から、本当にもうごはんなんて要らなくなってしまった美乃梨ちゃんの元に戻ってきてくれるかもしれない。

正直、美穂さんの心の機微は私にはわからない。

どうして美乃梨ちゃん一人を家に残し、そのまま行方をくらましてしまったのか。かろうじて美穂さんの気持ちを察することができるのは、娘に向かって吐いた『私に帰ってきて欲しかったら、お腹なんて空かせるなっ!!』という心ない言葉だけだ。

それでも美乃梨ちゃんの話からも調査の結果からも、一年前に美穂さんが自分の持っている全てを捨てて、美乃梨ちゃんのために遠方から逃げてきたことは間違いない。

それはたぶん途方もない覚悟の上でのことだっただろう。自分の人生すら犠牲にするつもりで、大事な娘だけを抱えて見知らぬ土地のアパートに逃げ込んだのだと思う。

——それなのに。

その大切な娘を拒食症に追いやるほどの暴言、どうして吐いてしまったのか。

人生を賭けて助けたはずの娘を、どうして最後はネグレクトしてしまったのか。

わからない。私には美穂さんの気持ちが、何もかもわからない。

けれどもたった一つだけ、美穂さんのことではっきりわかっていることもある。

それは美穂さんが、本当は優しい人だったということだ。

神さまにお腹の空かない身体にしてくださいと願ってまで、娘がひたすらに帰りを待つ母親――そんな人が、優しくないはずなんてないのだ。

美穂さんは決して許されない、絶対に許すことのできないことをしてしまった。

でも、優しかった美穂さんがそうなるには、そこに理由もあったのではないのか。

大切な娘のことすら忘れてしまうほどに、追い詰められていたのではないだろうか。

見知った人のいない見知らぬ土地でただ一人きり、住所を知られたくないがために何の公的サービスも受けられず、子育てをしながら限られた時間での労働で得られる給料はたぶんごく僅かだ。それでも娘だけは立派に育てるんだと必死に頑張って、頑張り続けて――そして限界を超え、ぼきりと折れてしまったのではないだろうか。

全ては、私の勝手な憶測の領域を出ない。

もしくは、都合のいいただの願望かもしれない。

けれども死んでなお、お母さんが大好きな美乃梨ちゃんのために、私はそう信じたかった。

気がつけば重い気持ちで顔を伏せていた私に、僅かに半眼となった辻神課長がそっと声をかけてくる。

「……実はですね、今の話に出てきた美乃梨ちゃんの部屋で遺体を確認されたという職員さんは、最初に美乃梨ちゃんと接触し、そして美乃梨ちゃんを成仏させようとして失敗された職員さんらしいんですよ」

意外だったその情報に、私は顔を上げて少しだけ目を丸くした。

「それでその方がですね、今対応をされている朝霧さんに『どうか見てあげてください』というメッセージを添え、私にまでメールで送ってきた画像があるんです」

辻神課長はそう言うと普段は使っていないサブのノートPCを開き、机の上でくるりと反転させて私の方へと向けた。

——瞬間、私は大きく息を吸い込んで、自分の口元を手で押さえていた。

ノートPCの液晶画面に表示されていたのは、子どもが描いた絵をスマホのカメラで撮影した画像だった。

画用紙なんて上等なものではなく、おそらく何かのチラシの裏面にクレヨンで描いたのだろう。白い部分がほとんど見当たらないほど紙の上いっぱいに、その夢のような情景は描かれていた。

「この絵は美乃梨ちゃんの遺体のすぐ横に、落ちていたそうなんです」

絵の中の白いワンピースを着た女の子は、姿形からおそらく美乃梨ちゃん自身だ。

そうなるともう一人の髪の長い女性は、間違いなく美乃梨ちゃんのお母さんだろう。

絵の中で、美乃梨ちゃんとお母さんがいる場所は芝生だった。広く大きな一面の芝生で親子二人はレジャーシートを広げ、その上にお弁当を並べていた。

お母さんが作ってくれたとおぼしきおにぎりを手に、美乃梨ちゃんが大口を開けて満面の笑みで笑っている——親子二人がお弁当を囲んで、心から笑い合っている一枚の絵。

「この画像を送ってくれた方はね、美乃梨ちゃんの家を探す過程で近所の方からこんな話も耳にしていたそうです。『一年ぐらい前の無料開園日に、森林公園の運動広場でお弁当を広げてた、あの仲良さそうな親子のことね』——と」

一年前ということは、まだ美乃梨ちゃんとお母さんが逃げてきたばかりの頃だ。そして今の話が事実なら、母子二人の生活の始まりはこの絵の中のように、幸福な情景からスタートしていたのだと思う。

この絵はきっと、お母さんとの一番大切な思い出を、美乃梨ちゃんが描いたものなのだろう。お母さんが作ってくれたおにぎりを近くの森林公園で二人で食べた、それはかつて確かに存在していたもっとも幸せだったときの記憶に違いない。

同時に、その日が再び来ることを美乃梨ちゃんが切に願った光景でもあるのだと思う。

空腹を我慢して我慢して、食べることに拒否反応が出るほどにごはんなんていらないと主張して、そうやって大変で辛いお母さんの負担を減らして優しかった頃のお母さんに戻ってもらい、いつかまた二人であの公園の広場でおにぎりを食べる。

それが餓死をする末期（まつご）の際で、美乃梨ちゃんが夢に見た光景なのだろう。

朦朧（もうろう）とする意識の中、紙の上だけでもと再現させた心から願った情景なのだろう。

「……嘘つき。こんなにおいしそうに食べる姿を描いておいて……何がごはんなんかもういらないよ。もっと素直になりなさいよ」

気がつけばべそをかく子どものように私の声は震え、堪える間すらなく眦（まなじり）から一滴の涙が伝っていた。

「報告で上がってきた美乃梨ちゃんのアパートはですね、本当に森林公園のすぐ近くらしいんです。彼女が亡くなっていた二階の部屋の窓から、公園の木々の一部が見えるぐらいにはね」

「餓死したとき、その少女の意識はもう部屋にはなかったのだろうな。想いは紙に描いた思い出の中へと向き、そして魂はかつて母とともに食事をした森林公園の広場へと赴き、そのまま未練となって遺（のこ）ってしまったということか」

静かに辻神課長と火車先輩が瞑目（めいもく）をする。

だが私は二人に倣うことはなく、顎の辺りから床に落ちんとする涙を手の甲で拭った。

「今回の案件の解決に当たり、私は幽冥推進課の全員に協力を要請します」

キリッと表情を整えた私のいきなりの発言に驚き、辻神課長が閉じた目を開いて私を凝視する。

「……なにか考えでもあるのですか？　朝霧さん」

静かにうなずいた私に、しかし待ったをかけたのは火車先輩だった。

「待て、夕霞。おまえ、本当にわかっているのか？」

「なにを、ですか？」

白々しい私の返しに、火車先輩が鋭く目を細める。

「無論、今回もヒダル神案件だということをだ。中途半端な未練の叶え方で送ってしまえば、またおまえ自身が苦しむぞ」

「もちろんわかっています。その上で私はヒダル神だろうが、地縛霊の方に適当な未練の解消で幽冥界にまで移転していただくつもりもありません」

言うは易しだが、行うは難し——そんなことを言いたそうに、火車先輩が眉根を寄せる。だがいっさいの迷いがない私の様子に、逆に火車先輩の方がどうしたらいいのか迷っているようだった。

戸惑う火車先輩と交代するかのように、辻神課長が口を開く。

「火車の言わんとするところもさることながら、拒食症の問題はどうしますか？　食に未練を残しているヒダル神でありながら、美乃梨ちゃんは拒食症の可能性が極めて高いと判断されます。送られてきた絵からも察せられるように美乃梨ちゃんの未練が食とも通じていることは間違いないでしょうが、しかし拒食症であろう彼女に朝霧さんはどうやって食事をさせるつもりなんですか？」

「そんなの、決まっているじゃないですか。美乃梨ちゃんが拒食になっているのは、自分を養育することが母親の負担になっていると思い込んでいるからです。だから思い出させてあげるんですよ――あなたの母親が、どれだけあなたを大事に育てようとしていたのかを」

一瞬、辻神課長が呆気にとられた表情を浮かべる。

さもありなんとは思う。だって美乃梨ちゃんはネグレクトの果てに餓死しているからだ。いくら拒食症になっていたとしてもちゃんと保護者が側にいて、しっかり治療を受けさせながら見守っていれば、餓死するなんてことにはならなかったはずだ。

――でも。

「美乃梨ちゃんも本当はちゃんとわかっているんです。だってこんなにも活き活きと、自分で描いているじゃないですか」

ノートPCの液晶に映ったままの、美乃梨ちゃんの楽しかった記憶の絵を指さす。

そこにいる美乃梨ちゃんのお母さんは、にこにこと笑っていた。自分が作ったおにぎりを娘が美味しそうに頬張っている様を見て、目も口も半円のごとくに綻ばせて心から嬉しそうに見守っていた。

――誰にだって生きるのが辛いときはある。苦しいときは存在している。

そしてときに、その辛さから人が変わってしまうことだってありえてしまう。

でも苦しい状況を耐えてもがき周囲と衝突しているときの性情が、その人の本質だとは私は思いたくない。誰の心にだって二面性はあって当然なのだから、幸せだったときには優しくできていた心もまた、間違いなくその人の本質なのだと私は信じたい。

美乃梨ちゃんが食べることをやめてまで助けになりたいと願った母親は、全てを捨てて逃げてきたせいで決して楽ではない生活をしながらも、それでも娘にお腹いっぱい食べさせられることを喜んでいたときの母親だろう。

自分に愛情を向けてくれていた頃の母親を信じているからこそ、美乃梨ちゃんもひたすら我慢をしようとするのだ。

だったら――思い出させてあげよう。

あなたの母親は、娘がお腹いっぱいになる姿で笑顔になる人だったのだと、美乃梨ちゃんの間違った思い遣りを正してあげよう。

そんな私の意図を理解した辻神課長が、愉快げにククッと笑った。

「えぇ、わかりました、朝霧さん。全てをあなたに任せます。――いいですとも。手を貸して欲しいというのなら、私を含めて幽冥推進課全員が朝霧さんの言うがままに協力することをお約束します」

小さく鼻を鳴らしてから、穏やかな苦笑を浮かべた火車先輩が「仕方あるまいな」と追随する。

なんとなく、いい話的なまとまりの雰囲気が漂う――のだが。

今の辻神課長の言葉で「言質とったり」と言わんばかりに、悪魔的な笑みが私の顔に宿った。

「ありがとうございます。それではさっそくのお願いですが——今この瞬間から、百目鬼さんを含めてお三方には私が口にするのと同じものだけを食べてもらいます。あっ、もちろん私が食べていないものを口にするのは禁止ですし、こっそり調味料を足したりすることも厳禁ですからね」

「「はいっ？」」

二人の口からハモって出た間抜けな声をあえて無視し、私はわざとらしい笑みを顔に張り付けて告げる。

「ちなみに今夜の献立は、私自慢の激安創作料理——大豆丼です」

——なお、明日の朝は茹でただけの素もやしですので、お覚悟を。

7

昼下がりと呼ぶにはちょっとばかり日が傾き過ぎている、夕刻手前の時間帯。

私の運転する公用車は既に高速道路を降りて、一般道で国営武蔵丘陵森林公園へと向かっている最中だった。

ちなみに助手席には火車先輩が括られているものの、今日ばかりはいつもの同行二人ではなく、後部シートに辻神課長と百々目鬼さんも乗っている。

おかげで信号待ちの後は、いつもの調子でアクセルを踏んでも普段の三割減の加速でゆるゆる発進ですよ。

——もうちょっとで目的地だ、ふんばれ公用車。

なんて応援を密(ひそ)かに心の中でしていたところ、

「ねぇ、夕霞ちゃん。ほんとに私も現地まで行かなくちゃダメ？」

ちょっぴりげんなりした声で百々目鬼さんがつぶやいた。

ルームミラー越しに見える百々目鬼さんの細面が、普段よりも心持ちげっそりしているのは気のせいではないだろう。

「お願いします。今回、人数は一人でも多いほうがいいと思うので」

「確かに何をするのか、その意図も説明してもらったけど……でも夕霞ちゃんと同じ献立にしたら、今日の昼頃からどうしても甘いものが食べたくて食べたくて、今は無性に小川軒(おがわけん)のロールケーキが恋しいのよ」

辛そうなため息とともに、しれっと贅沢(ぜいたく)なことを抜かしなさる。

というかこちとら、昨今のトレンドにもあがる貧困にあえぐ若者ですよ。その甘いものをたまらず食べたくなる食生活を毎日しているというのに、百々目鬼さんはたった一日でロールケーキですか。そうですか。

微妙にイラッとした私の雰囲気を察してか、辻神課長が間に割って入る。

「まぁまぁ、百々目鬼もそう言わずに。朝霧さんが是非とも全員に手を貸して欲しいと言っているんです。ここは幽冥推進課の職員一同で一丸となって対応しましょう。それになんだかんだ言っても、百々目鬼だって朝霧さんに頼られて嬉しいのでしょう?」

辻神課長のひと言に、百々目鬼さんが「うっ」と呻いて口ごもる。

「……それはまあ。夕霞ちゃんは大事な後輩だもの、頼まれて悪い気はしないわよ」

なんですか、その私の方が赤面しそうなやりとりは。そんな言い方を背後でされると、背中がもぞもぞしてうなじの辺りがこそばゆくなるんですが。

どう反応したらいいのかわからず苦虫を嚙み潰したような顔をしていると、ぐったりした火車先輩がぷるぷると震える前足でフロントガラスの先を指さした。

「夕霞よ……たぶんあのアパートだ」

それは道沿いにある古い二階建てのアパートだった。何があのなのかは訊くまでもない。フロントガラス越しに見えるアパートの二階のどこかが、美乃梨ちゃんの遺体が見つかった部屋なのだろう。ハンドルを握った私の右手側には、既に森林公園の一部が見えている。確かに公園からすぐ近くのアパートだ。

本当は花の一つも供えたいところだが、今はまだそのときではない。

心の中で手を合わせながらアパートの前を通り過ぎると、公用車はすぐに森林公園の駐車場に辿り着いた。一昨日に来たときと同じように自分でバリカーを上げ下げし、相変わらず一台も車両が停まっていない広大な駐車場の中に車で入る。

そのまま南ゲート前に公用車を横付けすると、私はサイドブレーキを引いた。

「さぁ、着きましたよ」

と、いの一番にドアを開けて私が外に出ると、他の三人もぞろぞろと車を降りてくる。その動きがやたら緩慢に感じるのは、ただの気のせいではないだろう。

前回来たときには、公園内にまで入っていったのは私一人だった。それはこの先で待つ地縛霊がヒダル神であると既にわかっていたため、近づくことができるのは日頃から糖質を摂取していなかった私だけだったからだ。

——だからこそ。

「いいですか、みなさん。糖質から精製されて主に肝臓に蓄えられるグリコーゲンは、新たに糖質が摂取されない限り一八時間程度で枯渇します。さらには今日の午前中に全員にジョギングもしてもらいましたので、筋肉に蓄積されていたグリコーゲンも既に綺麗になくなっているはずです。よって私と同じ低糖質、高タンパクな大豆丼を食べ続けていただいたみなさんは、今は私同様にケトン体をエネルギー源として身体を動かしているのです。要はここにいる全員が今やヒダル神が起こすハンガーノックの影響を受けない身体になっていて、私と一緒に美乃梨ちゃんの元にまで行くことができるわけですよ」

鼻息荒く得意げに語った私に、幽冥推進課の御三名が何とも複雑な表情を浮かべる。特に火車先輩は「要らん知恵を与えてしまったなぁ」という後悔が顔つきからありありと滲んでいた。

というのもたかが二四時間ばかりのことなのに、どうもこの三人にとっては間食なしで大豆だけの食生活は相当きつかったようなのです。

「理屈自体はちゃんとわかってはいるんだけどね。でも……私はもう金輪際、現世にいる間は大豆製品は口にしなくていいわ」

「まさに大豆三昧でしたね。ちなみに本来の三昧という言葉は仏教用語でして、専心し雑念を捨ててただ一つのことに没入する、という意味なのですが――どうやら私はまだまだ大豆三昧の境地に達するには修行が足りないようですよ」

「なぁ、夕霞よ。おまえこんなものだけ毎日ひたすら食い続けられるとか、味覚がいかれておるんじゃないのか？」

……まったくもって、散々な言われようですよ。

けれどもまあ口ではめたくそ言いながらも、全員しっかりお願いを聞いてくれたらしく、公園内をずんずんと進んで行っても誰もハンガーノックを起こさない。その点はもうひたすら感謝です。

ちなみに私が手にしたトートバッグには中身のぎっしり詰まった重箱が収まっていて、辻神課長は手に何種類ものお茶のペットボトルが入ったビニール袋を提げ、百々目鬼さんは大きめのレジャーシートを小脇に抱えてくれている。

そんな出で立ちでのどかな遊歩道を歩く私たちの姿を傍から誰かが一見すれば、たぶん秋の行楽にでも出向いているように見えたことでしょう。でも本当は地縛霊を相手どっての、この世からの立ち退き交渉に赴くための道行きだ。

かつて大勢の人が列をなして死者を送る葬送という儀礼があったように、これからこの世との最後の別れを告げる美乃梨ちゃんのため少しでも賑（にぎ）やかであろうと、こうして幽冥推進課全員での同行は私からお願いをしたことなのだ。

やがて見えてきた看板に従って、遊歩道から逸れて獣道に入る。

そこから五〇メートル進むと見えてきたのは、美乃梨ちゃんの絵にも描かれていた広大な芝生だ。先頭に立つ私は、迷うことなく美乃梨ちゃんのいるエアートランポリンに向かって歩を進める。

私たちの存在に気がついた美乃梨ちゃんが、ギョッとした表情を浮かべた。

でも私は美乃梨ちゃんの驚きになんて頓着することなく、重箱の入ったトートバッグを握ったままぐっと空に向かって両手を掲げて、

「さぁ、美乃梨ちゃん！　これから宴(うたげ)を始めるよ！」

そう、力の限り声を張り上げた。

8

いっさいの脈絡がない私の宣言に美乃梨ちゃんは一拍ほど口を半開きにしてから、凄い目つきで私を睨みつけてきた。

「ごはんなんていらないって、そう言ったでしょ！」

「まぁまぁ、そう言わずにさ。せっかく用意してきたんだから、みんなで食べようよ」

「だからぁっ!!　私はもうごはんなんていらない身体になったのっ！」

「だったらお母さんが握ってくれたおにぎりも、美乃梨ちゃんはもういらない？」

瞬間、美乃梨ちゃんの表情がはっとなって固まった。

顔を強張(こわば)らせた美乃梨ちゃんに対して、私はあえてにっこりと微笑む。

「ねぇ、美乃梨ちゃん。ちょっと考えて欲しいんだ。――もしもだよ、もしも美乃梨ちゃんとお母さんが同じぐらいすっごくお腹を空かせていたとして、でも食べるものがおにぎり一個しかなかったとしたら、美乃梨ちゃんはそのおにぎりをどうする？」

「そんなの、お母さんに食べてもらうに決まっているじゃない」

「どうして?」

「だって、お母さんは大変なんだもん。一日中頑張って仕事して、寝ないでお掃除やお洗濯なんかもして、そんな一生懸命働いているお母さんがごはんを食べるのは、当然のことだよ」

「そっか。——でもさ、逆の立場で考えてみて。自分と同じぐらいお腹の空いている美乃梨ちゃんが我慢して譲ってくれたおにぎりを、あなたのお母さんは笑っておいしく食べられるのかな?」

「……えっ?」

まったくの予想外だったらしい私の質問に、美乃梨ちゃんが困惑した表情を浮かべた。

「仮にだよ、お腹が空いているのを必死に我慢したお母さんが、一個きりのおにぎりを美乃梨ちゃんに『食べていいよ』って譲ってくれたとして、そのとき美乃梨ちゃんは喜んでそのおにぎりを食べることができる?」

想像を巡らせた美乃梨ちゃんが、少しの間をあけてからブンブンと激しく左右に首を振った。

「そんなの、できるわけない! あんなに頑張っているお母さんが我慢しているのに、私だけおいしく食べるなんてとても無理だよ。お母さんがお腹が空いたままなら、そんなの気になってどんなおにぎりだっておいしくなんかない」

「その気持ち――お母さんだって、同じなんじゃない？」

私の問いかけに、美乃梨ちゃんが再びはっとなって目を丸くした。

「美乃梨ちゃんがお腹を空かせていたら、お母さんだって美乃梨ちゃんのことが気になって、絶対においしくなんて食べられないよね」

「そんなの……」

美乃梨ちゃんは反論しようとするが、言葉が出てこずにぐっと唇を噛みしめた。

「だから私はね、正解は半分こにすることだと思う。二人ともとってもお腹が空いていて、本当なら丸ごと一個でも足りないんだろうけど、それでもあえて半分こにするの。一つのおにぎりを二人で分けたら、我慢も半分になる。それなら一人だけじゃなくて、二人で一緒にまだ頑張れる。我慢が半分になってそれで二人で頑張ったら、生きていく力はきっと二倍になる。だって親子なんだもの。二人きりで暮らす家族なんだもの。辛いことも楽しいことも、一緒に感じていかなきゃ」

抱えた膝をいっそう抱き寄せ、美乃梨ちゃんが犬歯を剥(む)き出しにして吠(ほ)える。

「でも……お母さんは、私を食べさせるのが大変だって言ってたっ！　私にごはんを食べさせなくちゃいけないから嫌な仕事もいっぱいしなくちゃいけないんだって、そう言って私を冷たい目で見てたっ！」

「そんな言葉を信じるなっ!!」

美乃梨ちゃんの叫びをかき消すかのような私の一喝に、美乃梨ちゃんがビクリと身体を跳ねさせた。

「……確かに、お母さんは美乃梨ちゃんにひどいことを言ったんだと思う。誰だって心が弱れば、荒んで喘ぐように、人を傷つける言葉が出てしまうこともあるの。

でもきっと、あなたのお母さんはそれを後悔していると思う。仕事で大変だからって美乃梨ちゃんに八つ当たりしてしまったこと、今は悔やんでいるに決まっている。だから、そのお母さんの言葉を信じないであげて。美乃梨ちゃんは、ここで二人でおにぎり食べたときに美乃梨ちゃんを見て嬉しそうに笑っていた、あなたが好きな方のお母さんの笑顔を信じてあげて」

瞬間、美乃梨ちゃんの目からつぅーと一粒の涙が垂れた。続いてもう一滴、また一滴――今日まで堪えてきた堤防が決壊したのか、涙はすぐさま滝のようになり、美乃梨ちゃんがわんわんと声を上げて泣き始めた。

泣いたままがばりと立ち上がり、細い足でもってエアートランポリンを全力で駆け下りてくると、その勢いのまま私の腰の辺りに飛びついてきた。

だが悲しいかな地縛霊である美乃梨ちゃんと私は、決して物理的に触れ合うことはできない。だから抱きしめられない代わりに、自分の腰の辺りに纏わりつく美乃梨ちゃんの背中へと手を回し、私は自分の腕の中に美乃梨ちゃんを囲い込んだ。

「そんな……そんな当たり前のこと、言われるまでもないもん！　私のお母さんは、本当に優しいんだから！　嘘じゃないんだからっ！　お母さんは誰よりも働き者で、それでいて世界で一番優しいお母さんなんだからねっ！」

「うん、わかってるよ。ちゃんとわかってるから。美乃梨ちゃんにとってのお母さんはたった一人――あなたのお母さんは、あなたにとって間違いなく世界一のお母さんだよ」

その先はもう声になっていなかった。美乃梨ちゃんは言葉になっていないことを叫び続け、ひたすら泣き続ける。

――美乃梨ちゃんは、ネグレクトを受けた子だ。

たとえ最初はどれほど仲の良い母子であったとしても、それでも紛うことなく育児放棄の結果で餓死してしまった少女だ。

本当は、母親への憎しみもあろう。怒りだってあれば、助けてくれなかった絶望だって母親に対して感じているはずだ。

だけどそれでもなお、美乃梨ちゃんは母親を求める。暴力で虐待していたらしい父親から自分を救ってくれた、かつてのお母さんをひたすらに追い求めている。

捨てられて殺されてまだなお、美乃梨ちゃんは優しかった頃のお母さんが大好きなのだ。

だからこそ美乃梨ちゃんは、必死に考えたんだと思う。どうすれば昔のようなお母さんに戻るのか。また自分を大切にしてくれる、以前のお母さんに戻ってくれるのか。

その結論が、良い子になることだったのだろう。

そして美乃梨ちゃんにとっての良い子の究極こそ、母親の手をいっさい煩わせないごはんを食べない子だったに違いない。

自分がごはんを食べずに手のかからない子になれば、きっとお母さんは自分を褒めて、そして昔のようにまた優しくしてくれると、そう考えたのだと思う。

——子どもは子どもなりに、必死に現実と戦おうとしている。

でもまだ外の世界と渡り合えるだけの力がないから、矛先を自分に向けるしかない。自分を変えることで、大人の気持ちを変えようとする方法を選ばざるを得ない。

そうやって彼女なりに戦った果てに、美乃梨ちゃんは母からの愛を夢見ながら、アパートの部屋の中でただ一人で餓死していったのだ。

そのことをあらためて実感し、私は心の中で天を仰いだ。

「ねぇ、美乃梨ちゃん。お母さんって不思議なものでさ、私ぐらいの歳になってもまだやたら私にごはんを食べさせようとしてくるんだよ。それでね、私が食べているのを見て嬉しそうにするの。もうこれ以上、私は横にしか大きくならないのにね。だからさ、私の想像なんだけど、きっと親っていうのは子どもにごはんを食べてもらえるのが嬉しいんだと思う。ごはんを食べて子どもが幸せそうにしていると、自分も幸せになるんだと思う。頑張って働いて、それで子どものごはんを用意して、子どもがおいしそうに食べてくれたら、それだけで幸せになるんだと思う。最近ね、私もちょっとその気持ちがわかってきた気がするの」

私の腰の辺りに顔を埋めていた美乃梨ちゃんが、ふいに泣くのをやめて不安そうに私を見上げた。

「……私がごはんを食べないと、私のお母さんも悲しくなったりするのかな？」

「そうだよ。だって美乃梨ちゃんのお母さんは、美乃梨ちゃんのために頑張っておにぎりのお弁当を作ってくれたんでしょ？　それを食べてもらえなかったら、悲しくなると思わない？」

私に言われて僅かに逡巡した後、美乃梨ちゃんが小さくうなずいた。

「だからさ、また前みたいに食べられるようになる練習をしよっか。お母さんがいつ帰ってきてもいいように、帰ってきたときにちゃんとお母さんのおにぎりが食べられるようになっておこうよ。口に食べ物を入れたら吐いちゃうのは確かでも、けれど本当はちょっとはお腹も空いているんでしょ？」

美乃梨ちゃんの顔がかっと赤くなる。それから私と目を合わせぬまま、こくりと首を縦に振った。

その仕草を確認するなり、してやったりとばかりに私は歯を見せてニカッと笑った。

「よし、決まり！　それじゃ今から宴会するよっ！」

そう宣言した私の背後では、敷いたレジャーシートの上に重箱を広げ、既に宴の準備を終えた幽冥推進課の面々が車座になっていた。

9

「美乃梨さん、どうもはじめまして。私は朝霧の上長の辻神と申します。本日はどうぞよろしくお願いしますね」

子どもに対してなのにやたらと丁寧な挨拶をしながら、正座した美乃梨ちゃんの前に置いた紙コップに辻神課長がお茶を注ぐ。

「あっ、私は百々目鬼ね。夕霞ちゃんと同じ職場で働いているのよ――さぁ、どうぞ」

今度は百々目鬼さんが、広げた重箱から子どもが好きそうな品をピックアップして盛った紙皿を、美乃梨ちゃんの目の前に置いた。

「……はぁ」

辻神課長も百々目鬼さんも柔らかい表情と口調で応対してくれているので美乃梨ちゃんは怯えてはいないものの、それでもどんな風に接したらいいのかわからず戸惑っているようだった。

しかし美乃梨ちゃんの目は、自分に差し出された食べ物にすぐに釘付けになった。ごくりと喉を鳴らして自分の皿に恐る恐る手を伸ばすも、やっぱり躊躇し周りをキョロキョロ見渡してから途中で引っ込める。

　まるで助けを求めるかのように、隣に座る私の顔を不安そうな目で見上げてきた。

　私はここぞとばかりに穏やかな笑みを浮かべる。

「だいじょうぶだって。さぁ食べて食べて」

　あえて「あはは」と、軽い笑い声を上げて美乃梨ちゃんを和ませる。

　それでいくらか緊張が解けたのか、あまり行儀よくはないものの美乃梨ちゃんが箸でもって紙皿の上の一品を指した。

「……これ、なに？」

「それはね、鶏胸肉ときゅうりの和え物だよ」

　昨夜に辻神課長から経費が入った封筒を預かり、材料を買って帰って家で拵えてきた私の手作りだ。ちょっぴりの塩で蒸した鶏胸と、やっぱり塩で揉んだ千切りきゅうり。そこにごま油をベースに醤油を混ぜたタレをまんべんなくまぶしてある。

「こっちは？」

「それは、ポテトサラダ風のおからサラダ」

　切ったハムときゅうりをおからの中に入れ、カロリーハーフのマヨネーズと塩、それから少量の酢でもってよく捏ねてある。パッと見では本物のポテトサラダと大差がないが、今回は諸事情によって根菜であるニンジンは除け者となっている。

正直、普段はこんな手の込んだ料理は作らない。どちらもきゅうりを使っているが、もしも私一人で食べようと思ったら、めんどうだから適当な味噌でもつけてまるごとバリボリ食べておしまいにしているだろう。皿も洗わなくて済むし。

でも今回は、それとは話が別次元だ。この重箱に詰めたお弁当は、昨日の夜から今日の昼間にかけて全て私が手作りしたものだった。買ったものだと隠し味に何が入っているのか不安なので、レシピを調べて材料も厳選し、その上で考えに考えて用意した品々だ。

最初に訊ねてきた鶏胸肉の和え物に、美乃梨ちゃんがおずおずと箸を伸ばす。

心持ち顔色が悪いように見えるのは、いくら納得をした上でもやはりまだ拒食症の気があるからなのだろう。長いこと自分に言い聞かせてきた想いは、そう簡単には切り替わらない。

でも食べ物を前にして、美乃梨ちゃんのお腹がグーと小さく鳴った。

途端に耳まで赤くして、美乃梨ちゃんが恥ずかしそうにうつむく。しかし次の瞬間には意を決して、鶏胸肉をつまんだ箸をパクリと咥えた。

――そして。

「…………おいしい」

美乃梨ちゃんの口から、驚嘆した声がぽろりとこぼれた。

——美乃梨ちゃんはヒダル神だ。一口ごはんを食べれば成仏してしまう、餓死した人の地縛霊だ。

それをわかっている私は、努めて表情には出さぬように注意しながら、固唾(かたず)を呑んで美乃梨ちゃんの挙動を見守るが——そこからは一気に動きが加速した。

口の中に入っている分を飲み下さないうちから、紙皿に残っていた鶏胸肉を全部箸でつまんで一気に頬張る。さらにはきゅうりまでも全て口に放り込んでは咀嚼し、おまけに隣のおからサラダまでも口内に追加してから嚥下(えんげ)した。

だがそれでもなお、美乃梨ちゃんの勢いは止まらない。まさにガツガツという擬音がぴったりな食いっぷりで自分の紙皿を空にして、百々目鬼さんにおかわりを要求する。

その様を目にし、強張っていた私の肩からへロへロと力が抜けた。

同時に心の中の小さな私が「よっしゃ！」とガッツポーズをとる。

平然としてはいたが、内心ではハラハラだったのだ。

正直、自信はあったが確証はなかった。でもこれだけ食べて成仏していないのだからだいじょうぶだろう。

ヒダル神の美乃梨ちゃんでも、糖質オフの料理だったらやはり食べられるのだ。

火車先輩から諸々のヒダル神の伝承を聞いたとき、ちょっと疑問に感じたのだ。

どうしてヒダル神と相対するときに、米が特別扱いされるのだろうか？

もちろん日本が稲作文化で、米はもともと特別な食べ物だという意識が根幹にあるのは確かだろう。でも同時に、私はもうヒダル神の起こす怪異がハンガーノックだと知っている。

炭水化物である米は体内で吸収され糖質に変化する。この糖質はグリコーゲンとなるが、急激に枯渇すればハンガーノックによる低血糖症を引き起こす。つまりヒダル神に憑かれた状態を解消するのに必要なのは、厳密には米ではなく糖質ではないのか。

おそらくは自身も飢えでハンガーノックを経験しつつ、亡くなったヒダル神。だとすれば死の直前に身体が渇望していた栄養素は糖質のはずだ。

だからこそ糖質となる米を口にすれば、それだけで肉体の未練が満足してしまう。

でも——もしもヒダル神が口にするのが糖質をほとんど含むことのない、いわゆる糖質ゼロ食品だけであればどうなるのか？

その答えが、これだった。

「おいしい……おいしいの。ごはんが……おいしいよぉ………」

一口どころか延々と無心で箸を口に運び続け、ひたすらに美乃梨ちゃんは食べ物を貪り続ける。その目からは、うれし涙がこぼれ続けていた。

——空腹を満たしたくとも、ただひたすらに空腹を我慢することでしかお母さんを助けられないと思い込んでいた、そんな健気な美乃梨ちゃんのこの世での最後の食事を、たった一口なんかで終わらせやしない。

　そんな思いであまり得意ではない料理を必死で頑張った私だが、まさにその甲斐があったとしか言い様がない状況だった。

「ほら、美乃梨ちゃん。こっちもおいしいよ」

　新しい紙皿の上に私が盛ったのは会心の一品、牛肉としらたきの煮物だった。

　これが牛丼の頭をイメージした品であることは言うまでもない。苦労したのは牛肉の良きパートナーたるタマネギが球根ゆえに糖質が高く、代わりに選んだのが糖質皆無のしらたきだった。タマネギも砂糖も使えないため甘みがちょいと足りないが、それでも現在は体内で糖質に変化しない人工甘味料なんてのもあり、苦労しつつもそれなりの味が出せたと思う。

「うん……これも、おいしい」

　まあ今の美乃梨ちゃんだったら、食べられたらなんでもおいしいと言ってくれそうな気もするが、そこはご愛敬ということで。

　気を良くした私は次から次に美乃梨ちゃんの紙皿に新しい食べ物をよそい、それにまるで対抗心でも燃やしたかのごとく、百々目鬼さんも別の紙皿を用意しては美乃梨ちゃんの前へと次々に食べ物を並べていく。

そうしてひとしきりローカーボ食を堪能しきると「……あぁ」と、なんとも満ち足りた深い深いため息が美乃梨ちゃんの口から漏れた。文字通り死ぬほどの空腹から満腹へと変われば、誰だって万感の想いがこもった吐息ぐらいこぼすだろう。

しかしいくらヒダル神とはいえ、たかが満腹ごときでは私はまだ許さない。

「……火車先輩、そろそろ出番ですよ」

レジャーシートの端で丸まっていた火車先輩にそう耳打ちすると、むくりと顔を上げて心底嫌そうな顔をする。

でもまあ事前にさんざっぱらお願いしていたこともあって、不承不承立ち上がるとぽてぽてと歩いて美乃梨ちゃんの前にまで移動した。

「ぶにゃぁぁお！」

萎みかけた風船から一気に空気を抜いたような、みっともない鳴き声を火車先輩が上げる。

その顔はあまりにも不細工な仏頂面なのだが、それでも目の前で自分を挑発するかのごとく鳴いた猫の姿をした存在に、美乃梨ちゃんの目が急にキラキラとし始めた。

紙皿と箸を置き、火車先輩に向けてそっと手を伸ばす美乃梨ちゃんだが、指先が触れる寸前のところで火車先輩がすっと一歩下がる。

すると伸びをするようになおも美乃梨ちゃんは手を伸ばすが、これまた火車先輩が後ろに下がって美乃梨ちゃんの手から逃れる。

瞬間、美乃梨ちゃんの口元がにぃと歪み、その場でガバッと立ち上がった。

その挙動に嫌な予感を感じた火車先輩が身震いをした直後、美乃梨ちゃんが行儀悪くも広がった重箱を跨ぐかっこうで火車先輩の方へと跳んだ。

すぐさま美乃梨ちゃんにお尻を向け、火車先輩が全力で反対方向へと走り出す。

しかし本能に火のついた子どもは止まらない。全速力で逃げた火車先輩を追いかけ、レジャーシートの範囲を超えて美乃梨ちゃんも思いきり芝生の上を走り廻り始めた。

嬉々として笑いながら鬼気迫る勢いで追ってくる美乃梨ちゃんに危険を感じ、火車先輩がたるんだお腹をぽよんぽよん波打たせながら必死で逃げ続ける。

その様を横目に、私はこの隙にとばかりに自分の紙皿へと盛ったおかずをもりもりと食べる。

糖質をダイナミックにカットした都合で、重箱の中身に鎮座しているのはお肉様がかなりの種類を占めている。材料費は経費として出してもらったおかげで、まだまだ余るだろう大量の動物性タンパク質を、私は入る限りに口の中へと放り込んでハムスターばりに頬を膨らませた。

そんな私を目にしつつ、紙コップを片手に辻神課長が優しく微笑む。

「朝霧さん。私はね、あなたの上長となれて本当に良かったと思っています。朝霧さんと一緒に働けて——私は、とても幸せでした」

不意を打たれた突然の小っ恥ずかしい言葉に動転し、私は口の中いっぱいに詰まった食べ物を噴き出しかけるが、かろうじて女子の矜持で堪えてごくんと呑み込んだ。そのまま咽せてしまいそうになるところを、お茶を一気に流し込んでなんとか落ち着かせる。

「……その手にした紙コップの中身、ひょっとしてお酒だったりします？」

ぽろりと出てしまった失礼な返答に、しかし辻神課長は気を悪くすることもなく、くすりと笑うと紙コップの中身を一息に呷った。

「そうですね。もしかしたら、お酒かもしれませんね」

実際はそんなことがあるわけなく、辻神課長が自分で紙コップにお茶を注いだところを私は見ている。だから当然、素面であんな赤面ものの台詞を吐いているわけだ。

「正直に申しましてね、前回の案件の顛末を火車から聞いたときから、私はまたしばらくは朝霧さんは立ち直れないだろうと思っていました。新橋駅のコインロッカーの件で朝霧さんがひどく落ち込むところを、前に見ていますからね。

でもそんな私の予想を朝霧さんはいとも容易く覆した。確かにここしばらくはいささかの落ちつきのなさはありましたが、焦りこそすれどもあなたは少しも怖気てなんていなかった。むしろその逆で、心の中ではオフィスに戻ってきたその日から早くも奮起し、そして同じ辛酸を舐めることがないよう、次にヒダル神と出会ったらどうしたらいいかを早くも考え始めていた」

「いや、それは……そうすることがせめてもの罪滅ぼしだと、私が勝手に思っていただけです。私はもう彼に何もしてあげられませんから、同じヒダル神と出会ったときには、せめて彼の分も笑顔にしてあげなくちゃいけない、と。それができなければ、中途半端な想いを抱えて幽冥界に旅立たせてしまった彼の無念が、あまりに報われなさ過ぎる、と。私は自分のため、自分を少しでも許せるようにと考えていただけなんです」

話していくうちにどんどん気が落ち込んで自然と目線が地に向いてしまった私に、辻神課長はここぞとばかりに眦（まなじり）を下げて微笑みかけた。

「朝霧さんがどれだけ自分を責めようが、それでもああして今あの子が笑っていることは変わりません。ヒダル神な上に拒食症であったにもかかわらず、信じられないことにあの少女はお腹いっぱいになっていて、さらにはかつての思い出の場所だったこの広場で楽しそうに駆け回っている。この状況を導いたのは、あなたなんです。

いいからもっと胸を張りなさい、朝霧さん。あなたは――幽冥推進課の誇りです」

言われて顔を上げた私に、今度は百々目鬼さんまでもが微笑みかけてきた。

「そうよ、夕霞ちゃん。夕霞ちゃんはもっと自信を持ってもいいと思う。最近は領収書の宛名の書き間違えもなくなったし、金額の計算間違いだってだいぶ減ったし、出勤時間がギリギリなのは相変わらずだけれども、一度も遅刻はしていないもの。だから誰も文句のつけようがない、もう立派な幽冥推進課の職員さんよ」

微妙に手厳しさのある百々目鬼さんの褒め言葉に、なんだかくすぐったさを感じた私は柄にもなくはにかんでしまう。

——ありがとうございます。

二人に対してそうお礼を言おうとした矢先、今の今まで走り回っていた美乃梨ちゃんがこっちに戻ってきて、レジャーシートの上にずざっと倒れ込んだ。そのまま自然な動作で百々目鬼さんの膝の上にごろんと頭をのっける。

出会ったときとは一八〇度違う甘えきった態度に、百々目鬼さんがちょっとだけ目を丸くする。でもすぐに優しく眉尻を下げると、膝にのったままの美乃梨ちゃんの頭を撫(な)で始めた。

子どもらしくにへへと笑った美乃梨ちゃんに、私が問いかける。

「どう、楽しかった?」

「うん、とっても楽しかった!」

特に〝とっても〟の部分に力が込もって返ってきた答えに、私の頬もすっかり緩む。

「だからね——そろそろ私に、おにぎりをちょうだい」

美乃梨ちゃんが笑顔のまま発したその言葉に、私の顔が一瞬で固まった。

「お姉ちゃんの前に来た人から聞いているよ。私がここにいると、公園に遊びにくるみんなの迷惑になるんだよね？　どうして一年も前にお母さんと一緒に来たこの広場に自分がいるのか、なんでこの広場から外に出られないのか私にはよくわからないけど、でもごはんを食べることができたら、私は成仏するんでしょ？」

絶句してしまった私に向かって、美乃梨ちゃんがさっきまでとはまるで違う寂しそうな笑みを浮かべた。

「私だってね、さすがになんとなくわかってる。本当はもうお母さんと一緒におにぎりを食べることはできないって。どんなに手がかからない身体になっていたとしても、もうお母さんと一緒には暮らせないんだって。だからさ、最後にお腹いっぱい食べさせてくれてありがとう。私さ、本当はもの凄くお腹が空いてて、一口でもいいから食べられたらって思ってて、それなのにこれだけいっぱい食べられたんだからもう思い残すことはないよ。だからね、最後はお姉ちゃんのおにぎりで――」

「美乃梨ちゃんっ！」

その先を遮るかのように、私は彼女の名を叫んだ。

百々目鬼さんの膝枕で横になっていた美乃梨ちゃんが、驚いて跳ね起きる。

「ねぇ……あなたの本当の思い残しは、なに？　私の作ったこんなお弁当でお腹いっぱいになることが、あなたの心からの願いなんかじゃないよね？　あなたが本当に食べたかったものは何なのか、それをちゃんと教えて」

今の今まで幸せそうな表情だった美乃梨ちゃんの口がへの字に歪んだ。そしてみるみると目の端が潤みだして、今にも泣きべそをかきそうになる。

「もう一度……もう一度だけでいいから、私はお母さんが作ってくれたおにぎりを、二人で笑いながら食べたかった」

「だったら、それを簡単に諦めるんじゃないっ!!」

雷のごとく言い放った私の一喝に、美乃梨ちゃんが目を瞑って肩を竦める。

どんなに怯えられたって、関係ない。

子どもだからって、伝えなくちゃいけないことはときにちゃんと伝えないといけない。

「叶えたい願いがあったのなら、その想いを美乃梨ちゃんはちゃんとお母さんにぶつけたの？　生きている間に、お母さんにしっかりと伝えたの？」

「そんなの、言えるわけないでしょ！　そんなこと……今のお母さんにはとても言えなかったっ！」

同時にわーっと声を上げて、美乃梨ちゃんの目から涙が零れ出した。

誤魔化しじゃない本当の気持ちを口にした美乃梨ちゃんに向けて、私は吊り上げていた目を下ろして微笑みかける。

「……そうだよね。いつだって忙しくて辛そうだったお母さんに、美乃梨ちゃんからそんな負担になるようなことを言えるわけがないよね。私も自分でひどいことを言っているのと思うよ。あなたは子どもで、だからお母さんといえどもときに大人は怖くて、どれほど伝えたかったとしても、勇気が出せずに言えなかったのは当然だとも思ってる。

でもね――それじゃ、絶対に伝わらないの」

実際に触れることはできずとも、それでも私は美乃梨ちゃんの手の上にそっと自分の手を重ねた。

「本当は、子どものあなたじゃなくて、大人が配慮しなくちゃいけないことなんだ。だけどそれでも、大人が配慮をしてくれないのなら、子どもであっても歯を食い縛って戦わなくちゃならないときがある。納得はできないだろうし、きっと力も及ばないと思う。だけど嘆くだけじゃ世界は変わらない。

だからね、美乃梨ちゃんがこの広場でもう一度お母さんのおにぎりが食べたいと願っていたのなら、神さまにお腹の空かない身体をねだる前に『私は優しいお母さんが大好き。お仕事大変だろうけど、私もお手伝いをするから、だからまた公園でお母さんの作ったおいしいおにぎりが食べたい』って、そう言うべきだったんだよ」

それはもはや無理な話で、決して変えることができない過去のことだ。

――でも、それでも。

もしもそのひと言を、母親の気持ちが完全に転がり落ちてしまう前に美乃梨ちゃんが伝えられていたのならば、ひょっとしたら違った今日があったのではないかと、私はそう想像せずにはいられない。

娘が自分のことをまっすぐに『好き』と言ってくれたのなら、母親だって最後の最後のところで踏みとどまれたのではないかと、虐待をする父親から娘を攫って逃げた、あのときの気持ちをもう一度思い出そうとしてくれたのではないかと——どうしても、そんな妄想をしてしまうのだ。

子どもである美乃梨ちゃんには、いっさい責任はない。美乃梨ちゃんが餓死した責を問われるべきは彼女の母親であり、そして美乃梨ちゃんという子どもを守れなかった、私を含めたこの社会を構成する全ての大人たちだ。

それは揺るがないのだけれども——でもときに、どんなに小さくて無力な少女であろうが、目の前に困難な現実があって頼れる者がいないのならば、最後は自分自身の力で戦うことだって必要になる。乳をくれるものがいなければ自ら這って、泥水を啜ってでもそれでもなお生きて戦わなければならないのだ。

それはとてもとても残酷で、憤慨したくなる話なのだが。

「私はお母さんが好き！　お母さんのことが大好きなのっ!!」

感情の堰が切れて、美乃梨ちゃんの目から止めどなく涙が流れ出す。

「……うん、聞いたよ。何度もそれは聞いた。だからわかっているよ」

「私はね、またお母さんの子どもがいい！　死んじゃった私はもうこの世にいてはダメなのかもしれないけど、それでもやっぱりお母さんの子がいいの！　またお母さんの子どもになってもう一回、一緒におにぎりを食べたい！」

その心の声の前では、私の涙腺もまた限界だった。私の頰を涙がつぅーと伝う。

最後は親に見捨てられて餓死してしまったのに、まだなお同じ母親の子となって、再びともに生きていきたいと願い続ける。

――ネグレクトを受けた子どもたちの気持ちが、みんなこんな風ではないのは理解している。親から受けた仕打ちへの、深い恨みと苦しみ。親を自分の敵と認識して、狂いそうなほどの怒りを抱えている子たちも多いことはわかっている。

だがそうであっても、親は自分をこの世に産んでくれた存在であることに変わりはない。そして多くの子にとって、初めて自分をその腕に抱き、この辛くて怖ろしいことばかりの世界から守ってくれた存在なのだ。

育児放棄をされて命まで失ったのに、それでも親を慕う美乃梨ちゃんの想い。

私はこの想いを、いつか美乃梨ちゃんの母親に伝えなければと思った。

伝えて、そして母親には思い出して欲しいと感じた。あなたもまた、自分の人生を犠牲にしてもいいと思うほどに、美乃梨ちゃんのことが大好きだったということを。

「なったらいいよ、美乃梨ちゃん。またお母さんに産んでもらって、もう一度お母さんの子どもになったらいい」

そう言うと、私は重箱の横に置いてあったタッパーに手を伸ばした。

中に入っているのは、美乃梨ちゃんがちょうだいと言っていたおにぎりだった。それも美乃梨ちゃんの絵に描いてあったのと同じ俵形。この世の最後に口にするものは、せめて形だけでも母親が作ったのと同じおにぎりをと考えて用意したものだった。

「このおにぎりはね、これでおしまいとなるおにぎりじゃないよ。このままじゃ美乃梨ちゃんの本当の願いは叶わないから、これは美乃梨ちゃんがもう一度この世に生まれてくるための、最初の一歩を踏み出すためのおにぎりなんだよ。

だからね、次は喧嘩しながらだろうとも二人で一緒に頑張って、想いもしっかりと伝え合って、それからおにぎりもたくさん作ってもらって、それをお腹いっぱい食べさせてもらうんだよ」

私が差し出したタッパーの中のおにぎりを、美乃梨ちゃんが手に取る。

美乃梨ちゃんはしばらく手の中のおにぎりをじっと見つめていたが、ふと悪戯に成功した子どものように歯を見せて笑った。

「違うよ、お姉ちゃん。新しくお母さんの子どもに生まれ変わった私はね、お母さんにおにぎりを作ってもらうんじゃない。私がお母さんに作ってあげるの。お米がなかったらお小遣いをためて買ってきて、それで仕事して帰ってきたお母さんにね、私が握ったおにぎりを出すんだよ。『お仕事ありがとう、大好きだよ』って。そうちゃんと伝えて、それで私が握ったおにぎりを二人で笑って食べるの。——今度の私はね、絶対にそうするの」

手にしたおにぎりの塩味が強くなり過ぎるんじゃないかと心配になるほど、美乃梨ちゃんの目からは滂沱の涙が流れていた。

だがその表情は、少しも泣いてなんかいない。

これから自分の手で勝ち取ると決めた、自分が望むお母さんとの新しい生活に向かうべく、美乃梨ちゃんはどこまでも晴れやかな笑みを浮かべていた。

あぁ……それは、私の想像以上だ。

私が妄想していた二人の生活よりも、もっともっと素晴らしい未来だった。

間もなく夜を迎える夕暮れどき。

さっきまでは騒がしいほどだった甲高い笑い声はもう聞こえず——美乃梨ちゃんが今の今まで座っていた場所には、端が欠けた俵形のおにぎりが転がっていた。

辻神課長も百々目鬼さんも、いつのまにかレジャーシートの上に戻ってきた火車先輩までも、何も言わずにもういなくなってしまった美乃梨ちゃんへと手を合わせる。

私もまた手を合わせながら、

「……その素敵な願いを叶えるためにも、なるべく早く戻ってくるんだよ」

天を仰ぎ、そこにあるかもしれない幽冥界に向かって、そっとつぶやいた。

10

「契約だぁっ！」

草木も眠る丑三(うしみ)つ時——はたと思い出した私は、毛布を放り投げるようにせんべい布団から跳ね起きた。

叫んでしまってから近所迷惑だったと気がつき、慌てて自分の口を塞ぐ。

って、そんなことよりも契約ですよ、臨時雇用契約っ！

いやもう綺麗さっぱり、すっかりすこんと忘れてました。

生まれ変わる決意をした美乃梨ちゃんを幽冥界に送り出した——その後のこと。

やっとこ肩の荷が下りた私は、なんだか急に胸のうちがモヤモヤとしだしました。

何かを忘れている気がするなぁ、どうもやり残したことがあるような……と思いつつ、車で帰路についたわけですが、一仕事を終えたこともあって新橋に戻った頃にはへろへろになっていました。

本当なら外出していた間のメール確認や、報告書作成に早々と着手したいところでもあったのですが、新橋庁舎に戻ったときには定時はもうだいぶ過ぎた頃合い。

どっと疲労が滲み出していた私の顔を見て、火車先輩が「ほれ、とっとと帰れ」とうるさいぐらいに帰宅を促してくるので、後回しにできることは後日やろうと何も手をつけぬまますぐに退勤をしたわけです。

ちなみに私が退出するときに、なんでか辻神課長も百々目鬼さんも見送りにきてくれて「本当におつかれさま」と労ってくれたのが印象的でした。

そうしてふらふらと家に帰ってきて、ちゃぷちゃぷとシャワーを浴びて、くたくたと布団の上に倒れて、すやすや一眠りしたところで。

いきなり契約のことを真夜中に思い出し、ぱちりと目を覚ましたわけですよ。

いやいやいや、よりによってなんで大事な雇用契約を忘れるかなぁ、私。

まあ奈良の案件以降、周りが見えなくなるぐらいに焦っていた自覚はあるので、あの頃からすぽんと頭の中から抜け落ちていたのだと思います。それが美乃梨ちゃんの件で気持ちが一段落し、やっと通常モードに頭が戻ったことで思い出したのでしょう。

……というか少ないなぁ、私の脳みそのメモリー。

とりあえず布団から上半身をもたげた姿勢のまま腕組みし、部屋の壁にかかったカレンダーを見上げる。

既に日付が変わっているため、今日は九月二八日の土曜日。休み明けとなる週明けの月曜日は、なんと九月三〇日ですよ。

危なかったぁ……セーフ、セーフ。

今結んでいる三ヶ月の雇用契約が九月末日までなので、ぎりぎり雇用期間内です。最悪は遡って契約を結び直すなんてことも、推奨はされずともできなくはないのかもしれませんが、それでも期間内ということでやっぱり安堵の息が漏れる。

まあ……辻神課長も百々目鬼さんも昼間はあんなに私のことを褒めてくれていたわけで、これでこのまま契約満了はいさようなら、という展開はさすがにないでしょう。むしろここは大幅に期間を延長して、三ヶ月から一年契約に変更という流れなのでは？

さらにはいよいよ正規雇用契約ってのも、ありだったりするんじゃないですかねぇ。

微妙に気になるのは、辻神課長の方から雇用契約の話がなぜ出てこなかったのかということですが、たぶん忙しくて私同様に失念していたのだと思います。契約解除であっても、前もって話をするのが慣例で義務だったような気もしますし。

なにはともあれこんな真夜中に起き出したって、やれることなんて気を揉むぐらいしかありません。だったら生まれ変わった美乃梨ちゃんがお母さんと楽しくおにぎりを食べている夢でも見るため、今夜は寝直すことにしましょう。

——とりあえず。

私の契約、本当にだいじょうぶだよね？

幕間

決戦の月曜日ならぬ、契約の月曜日。

つまりは今日は運命の週明けにして、九月の晦日(みそか)です。

私の雇用契約は今日をもって切れるので、できるものなら本日中には再雇用契約を結びたい。それが無理でも延長の合意まではなんとしても漕(こ)ぎ着けなければなりません。でないと明日からまた、無職という十字架を背負うことになりかねないわけです。

さすがに今日ばかりはおちおち寝ていられずに、普段よりも一〇分も早く家を出る。

いつもなら家から要町(かなめちょう)駅まで全力疾走な上に、新橋駅を降りてからも飲み屋街を駆け抜けていくのが私の出勤スタイルですが、今日は時間的余裕があるので歩きで十分——のはずなのに、なんだか落ち着かずに気がついたら走っていて、新橋庁舎に着いたときにはやっぱりぜいはあと息を切らしていました。

だいぶ前にお亡くなりになった自動ドアを手動でスライドさせ、蛍光灯がパチパチ瞬いているお化け屋敷めいたロビーへと入る。

そして毎度の朝のルーチンで、無人の受付ブースに置かれた私の顔を見れば泣き出しやがる夜泣き石をペシリと叩(たた)こうとして——、

「あれ？」

元オッパショ石が、いつもの定位置になかった。

上げた手の収めどころがないまま、辺りをキョロキョロと見回す。やっぱりどこにもない。ついでに、空きテナントしかないこのビルの案内板に貼られていた『B1　幽冥推進課』と書かれたコピー用紙もなくなっていた。

模様替えでもしたのかな——なんて思うも、昨日と一昨日は土日だ。そんなことのために誰かが休日出勤してくるとはさすがに考えがたかった。

「……まあ、辻神課長か火車先輩にでも訊けばわかるか」

そんなことより、私が今気にすべきは自分の雇用契約です。

二人と会うためにも、とにかくオフィスへと入るべく地下へと向かう。どことなくいつもより静かな感じのする窓のない廊下を歩いて抜け、突き当たりの鉄扉の前に立つと塗装が剝げてちょっとだけ錆が浮いたノブを回す。

そして「おはようございます！」と元気よく挨拶しようとしたところで、

——私の動きが、止まった。

ノブを握ってドアを開けたまま、その場で棒立ちとなってしまう。

飛び出んばかりに目が見開き、息を吸ったままの状態で肺の動きも停止する。

頭の中がまっ白となり、まるで理解が及ばず独りでに首が左右へと振れた。

「…………どう、して？」

ここは私が半年にわたって、平日週五日を通い続けた幽冥推進課のオフィス。
——しかし。
幽冥推進課に入ったことで、初めてもらった私のためのワークステーションも。
丸くなって寝ているだけなら無駄じゃんといつも思っていた、火車先輩の机も。
座り仕事はお尻が痛いと言いクッションを置いていた、百々目鬼さんの椅子も。
管理職のために与えられた、辻神課長の個室を形成していたパーテーションも。
——その全てが、なくなっていたのだ。
まるで夢遊病者のように、ふらふらと一歩前に進み出る。
途端にバタンとドアが勝手に閉まって、激しい音を立てた。
でも私の目は覚めない。悪い夢のような状況なのに、目が覚める気配は微塵もない。
「……百々目鬼さん？」
返事はない。
「辻神課長っ！」
返事はない。
「ねぇ、火車先輩っ!!　どうしてですかっ!?」
返事なんて、あろうはずがない。

確かに幽冥推進課のオフィスがあった部屋は、無機質な打ちっぱなしのコンクリートの壁で囲まれた、ただのがらんどうの空間になっていた。

本書は、集英社文庫のために書き下ろされた作品です。

集英社文庫

お迎えに上がりました。国土交通省国土政策局幽冥推進課 6

2022年7月25日　第1刷　　定価はカバーに表示してあります。

著　者　竹林七草
発行者　徳永　真
発行所　株式会社 集英社
東京都千代田区一ツ橋2-5-10　〒101-8050
電話　【編集部】03-3230-6095
【読者係】03-3230-6080
【販売部】03-3230-6393(書店専用)
印　刷　株式会社広済堂ネクスト
製　本　株式会社広済堂ネクスト

フォーマットデザイン　アリヤマデザインストア　　マークデザイン　居山浩二

ISBN978-4-08-744414-8 C0193